दिव्य दृष्टि की नज़र में

(अंत की गूंज)

AF528692

लेखक

अदिति सोनकर

डायमंड बुक्स

www.diamondbook.in

प्रकाशक : डायमंड पॉकेट बुक्स (प्रा.) लि.
X-30, ओखला इंडस्ट्रियल एरिया, फेज-II
नई दिल्ली-110020
फोन : 011-40712200
ई-मेल : sales@dpb.in
वेबसाइट : www.diamondbook.in

Divya Drishti Ki Nazar Mein (Ant Ki Goonj)
By : Aditi Sonkar

विषयवस्तु

यह कहानी है एक ऐसी लड़की की जो अपनी बुराइयों से जूझने के साथ-साथ निकल पड़ती है, अंधेरी जादुई शक्तियों की खोज में। उसकी इस रहस्यमयी यात्रा के बारे में और अधिक जानने के लिए पढ़ते रहिए।

अध्याय 1

"मेरे चारों ओर जंगल था, बहुत ही घना और अंधकारमय। ऐसा प्रतीत हो रहा था जैसे कि मैं उसकी दुखद दास्ताँ महसूस कर पा रही थी। घने वृक्षों के सीने को चीरती हुई, रोशनी की एक किरण आई और जैसे ही पत्तियाँ अलग हुई, एक आदमी नजर आया। उसके बाद मुझे बस इतना याद है कि मैंने एक लाल रोशनी का गोला देखा और अगले ही क्षण "मटर टोरटुओसो" यह शब्द मेरे मुंह से निकल गए", अपने माथे का पसीना पोंछती हुई आर्या बोली। "और फिर?" श्रेया ने पूछा। "और फिर क्या? वह मर गया।" आर्या ने जवाब दिया। "मर गया? इसका क्या मतलब हो सकता है?" श्रेया जोर से चिल्लाई। आर्या ने घूँट भरा। "इसलिए मैंने गूगल किया। इसका स्पैनिश में मतलब है तड़पा-तड़पा के मारना।" उसकी आँखें फैल गईं। "यह सोच के मुझे बहुत बुरा लग रहा है। सपने में मैं अपने को उस उत्तेजित विषधारी सांप की भांति महसूस कर रही थी जो शिकार पर निकला हो! ये सपने, श्रेया अब मुझे कमजोर व हतोत्साहित करने लगे हैं। वह कुछ और भी कहना चाहती थी परन्तु श्रेया की आँखों में अपने डर की झलक देखकर, उसने आगे और कुछ नहीं कहा। श्रेया ने सहमति में सर हिलाया। "मुझे पता है आर्या। पर शायद यह तुम्हारा अचेतन मन है जो तुम्हारे साथ छल कर रहा है। मुझे पता है कि जल्दी ही तुम इस पर काबू पा लोगी। तो क्या अब हम क्लास के लिए चलें?" इस विषयांतर से खुश होकर, उसने हामी में सर हिलाया, "हाँ जरूर, चलो जल्दी चलते हैं!"

अगले हफ्ते उसका फिर वही पुराना रूटीन शुरू हो गया जिसमें पहला परिचित वाक्य था "आर्या! होमवर्क पहले। क्या तुम एक बार को अपनी नॉवेल्स हटा सकती हो?" जो कि रोज का किस्सा था। "पर माँ, आप जानती हो न कि मैं इनके बिना किसी दिन भी नहीं रह सकती। मैं वादा करती हूँ कि मेरे मार्क्स इस बार भी कम नहीं आएँगे।" "ऐसा ही होना चाहिए", माँ ने कहा, क्योंकि अगली बार मैं तुम्हारे पापा को तुम्हारी प्रोग्रेस रिपोर्ट पर

साइन नहीं करने दूँगी।" आह भरते हुए वह अपने कमरे में चली गई और गणित सवालों को करने लगी जैसा कि उसकी प्यारी मम्मी उससे चाहती थीं।

जब समीर ऑफिस से घर लौटा तो उसे अदिति काफी चिंता में नजर आई। "तुम्हे क्या हुआ?" समीर की आवाज सुनकर अचानक वह अपने ख्यालों से बाहर आई। "कुछ नहीं, बस मैं आर्या को लेकर परेशान हूँ। वह काल्पनिक दुनिया में बहुत रहने लगी है और अब मैं उसके लिए डरती हूँ। वह हमेशा अपने उन सपनों की बात करती है। और अब मुझे नहीं लगता कि यह सब सामान्य है। वह उसी एक सपने को कुछ महीनों से लगातार देखती आ रही है और मुझे यह सब ठीक नहीं लग रहा है।" "और इस सबको अब लगभग 16 वर्ष बीत चुके हैं। और ऐसा कुछ भी नहीं हुआ जिसके लिए तुम इतना घबरा रही हो। मैं तुम्हे पहले भी कई बार समझा चुका हूँ कि यह सब तुम्हारा वहम है और कुछ नहीं, तुम्हें तो उस रात का कुछ याद भी नहीं है।" समीर ने उसे दिलासा देते हुए कहा।

समीर, अदिति का डर भली-भांति महसूस कर पा रहा था। अतः उसने उस विषय को और खींचना उचित नहीं समझा। उसने उसे शांत करते हुए कहा कि आर्या की उम्र में कल्पना की दुनिया में खोये रहना सामान्य है। उसने बात बदलते हुए फिर अदिति की दिनचर्या के बारे में पूछा और एक व्यस्त दिन की थकान उतारने के वास्ते एक कप गरम कॉफी की मांग की।

अगले दिन स्कूल में, लंचटाइम में आर्या और श्रेया ने फिर से आर्या के सपने पर चर्चा की। आर्या ने ही शुरुआत करते हुए श्रेया को बताया कि आखिरकार इतने दिनों के बाद उसने एक अलग सपना देखा है। श्रेया ने उससे पूछा कि वह सपना अलग कैसे है तब आर्या ने बताया कि "मैं एक अलग जगह पर थी"। "कैसी जगह?" "मुझे नहीं पता। ऐसा लगा कि वह एक शिक्षा का स्थान है। वह एक स्कूल जैसा था पर वह और स्कूलों से भिन्न था। वह बहुत प्राचीन लग रहा था, वहाँ के बच्चों की यूनिफॉर्म हमारी यूनिफॉर्म से बिलकुल अलग।" श्रेया आर्या के सपनों के विवरण को सुन सुनकर कुछ थक गई थी। इसलिए उसने उसे टका सा जवाब दिया जिससे आर्या अपने सपनों के बारे में चिंता करना और बात करना छोड़ दे। "मुझे लगता है कि तुम्हारी मम्मी सही हैं आर्या! तुम्हें काल्पनिक और फंतासी किताबें पढ़ना बंद कर देना चाहिए। ये तुम्हारे सपनों में एक अहम् भूमिका

अदा कर रही हैं। ये ही ऐसे सपनों के लिए जिम्मेदार हैं। देखो, मुझे एक बात तो पता है कि हमारा अचेतन मन हमारे सपनों में एक अहम् भूमिका निभाता है और तुम तो बहुत ही ज्यादा काल्पनिक साहित्य पढ़ती हो। यही कारण है कि तुम्हें ऐसे स्वप्न दिखाई देते हैं। इन किताबों को पढ़ना छोड़ दो वरना ये स्वप्न तुम्हे हमेशा परेशान करेंगे। तुम अपनी पढ़ाई पर ज्यादा ध्यान दे सकोगी।" श्रेया के उत्तर ने आर्या को क्रोधित कर दिया। वो श्रेया पर चिल्लाने लगी। उसने कहा कि इस सबका उन किताबों या फिर उसके अचेतन मस्तिष्क से कोई लेना-देना नहीं था। यह कुछ अलग था पर वो नहीं समझ सकती थी क्योंकि यह सब उसके साथ नहीं हो रहा था। श्रेया ने उससे माफी मांगने की कोशिश की क्योंकि उसे पता था कि वो गलत थी और उसका ऐसा मतलब बिलकुल नहीं था। पर बिना कुछ कहे, आर्या घूमकर अपनी क्लास की ओर चली गई। श्रेया को बहुत बुरा लग रहा था क्योंकि उसे पता था कि वह ही एक इकलौती इंसान थी जिसके साथ आर्या अपनी दिक्कतों के बारे में खुलकर बात कर सकती थी। इससे अब आर्या को भी लग सकता था कि वो भी औरों की तरह आलोचनात्मक व पूर्वाग्रसित थी। और हारकर श्रेया भी अपनी कक्षा की ओर चली गई।

आर्या का जन्मदिन एक हफ्ते बाद था। अदिति और समीर उसके लिए एक सरप्राइज पार्टी की तैयारी कर रहे थे। वे उसके जन्म की यादों में डूबे हुए थे और आश्चर्य करने लगे कि इतनी जल्दी कैसे 16 साल गुजर गए थे। उनके लिए आर्या उनकी खुशी, उनकी जान थी। अदिति तो अपना एक भी दिन उसके बगैर नहीं सोच सकती थी। उन्होंने आर्या की पार्टी उसकी मनपसंद थीम पर रखने का सोचा था। अदिति ने समुद्री डाकुओं की थीम रखने का सुझाव दिया था पर उसे समीर ने यह कहते हुए कि वो आर्या को पसंद नहीं आएगा, मना कर दिया था। पर जब वे बात कर रहे थे, तब आर्या ने छुप के उनकी बातें सुन लीं थी। अदिति ने आर्या की परछाई देख ली और मुस्कुराते हुए कहा, "अरु, हम तुम्हें देख सकते हैं।" "माँ!" आर्या ने पकड़े जाने पर शर्माते हुए कहा। "अच्छा, अगर तुम यहाँ हो ही तो तुम हमें खुद ही बता दो कि तुम्हें किस थीम की पार्टी चाहिए।" "मुझे जादूगर और जादूगरनियों/चुड़ैलों वाला थीम चाहिए!" आर्या ने बड़े ही उत्साह से जवाब दिया। पर बड़े आश्चर्य की बात, अदिति ने साफ मना

कर दिया। आर्या ने बहुत जिद्द की पर अदिति टस से मस नहीं हुई। "कोई और थीम चुनो वरना अपनी पार्टी भूल जाओ।" इस बात ने आर्या को बहुत क्रोधित कर दिया। वो अपनी माँ को गुस्से से देख रही थी कि तभी ऊपर का झूमर हिलने लगा। और जैसे ही उन्होंने ऊपर देखा, वो जमीन पर गिरकर चकनाचूर हो गया। अदिति के दाएं हाथ पर चोट आई थी पर अदिति को यह बात परेशान नहीं कर रही थी। क्योंकि जब यह सब हो रहा था, अदिति को आर्या की आँखों में कुछ बहुत बुरा दिखा था जिसने उसके सामने बहुत से सवाल खड़े कर दिए थे जिनके बारे में सोचकर उसका खून ही ठंडा पड़ गया था। आर्या के अन्दर के गुस्से ने अदिति को मोरिगन की याद दिला दी थी। समीर ने अदिति के हाथ से खून बहता हुआ देखा और कहा, "अदिति हमें अस्पताल जाना होगा। आर्या तुम अपने कमरे में जाओ।" आर्या इस सब कुछ से डरी हुई अपने कमरे में चली गई व समीर अदिति को लेकर अस्पताल चला गया। आर्या अपने को दोषी समझ रही थी क्योंकि उसे लग रहा था कि उसके कारण ही उसकी माँ को चोट आई थी। अदिति आर्या के बारे में चिंतित थी क्योंकि वह जानती थी कि यह सब आर्या के गुस्से की वजह से हुआ था जिसने उसके विचारों को जीवंत कर दिया था। अगले दिन, अदिति मोरिगन के बारे में सोच रही थी जिससे वह 17 साल पहले जंगल में अपनी बालकनी पर मिली थी। "माँ, क्या आप मुझसे नाराज है?" आर्या ने अचानक से कहीं से प्रकट होते हुए पूछा। अदिति ने आर्या को देखा और बड़ी नम्रता से कहा, "नहीं अरु, मैं तुमसे नाराज क्यों होऊंगी? मुझे बस कुछ समय अकेले में रहना है। तुम जाकर अपनी परीक्षा की तैयारी करो।"

अध्याय 2

आर्या का जन्मदिन; सुबह-सुबह अदिति आर्या के कमरे में उसे जगाने के लिए गई। "आर्या, उठो।" उसने उसके माथे पर किस किया, "बेटा, तुम्हे जन्मदिन की ढेर सारी शुभकामनाएं"। "माँ!" आर्या ने अपनी माँ के गले लिपटते हुए कहा। "अच्छा अब जल्दी से उठो। हमें बहुत सी तैयारियां करनी है। एक बुरे जादूगर वाला थीम प्लान करना आसान नहीं होता।" आर्या अपने बिस्तर से कूदकर उतरी, "क्या हम सच में चुड़ैलों व जादूगरों वाला थीम ले रहे हैं? माँ, आई लव यू।" खुशी-खुशी आर्या अपने स्कूल के लिए तैयार होने लगी। अदिति ने आर्या का पसंदीदा नाश्ता बनाया था। "माँ, डोसा!" आर्या खुशी से चिल्लाई। "आज मैं तुम्हे स्कूल में लेने आऊँगी और फिर हम शॉपिंग करने जाएंगे"। "ठीक है माँ," आर्या ने कहा और वह स्कूल के लिए निकल पड़ी। दोपहर को अदिति ने आर्या को स्कूल से लिया और फिर वे शॉपिंग चले गए। अदिति आर्या को इतने दिनों बाद खुश देखकर बहुत प्रसन्न थी। वह अपनी लाडली बेटी के लिए उसका जन्मदिन खास और यादगार बनाना चाहती थी। जब वे घर पहुंचे, आर्या अपने घर को पहले से ही इतने अच्छे से सजा देखकर दंग रह गई। पूरा घर काले और सफेद गुब्बारों, जादूगर की टोपियों, चुड़ैलों की झाडुओं, जादुई छड़ियों और डरावने खिलौनों से सजा हुआ था। घर बिलकुल वैसे ही सजा था जैसे आर्या अपने जन्मदिन के लिए चाहती थी।

शाम को, आर्या की पार्टी में पहुँचने वाली पहली इंसान श्रेया थी। आखिर, वो उसकी सबसे खास व अच्छी सहेली थी। श्रेया उसके घर की सजावट देखकर हैरान थी क्योंकि उसने कभी नहीं सोचा था कि आर्या की माँ उसके पसंद के थीम के लिए मान जाएंगी। "जन्मदिन की ढेरों बधाइयाँ आर्या, मैं बहुत खुश हूँ क्योंकि आखिरकार तुम्हें जैसा बर्थ डे चाहिए था वह तुम्हें मिल ही गया," श्रेया ने कहा। "हाँ मुझे मालूम है! चलो, अब चलकर पार्टी के लिए तैयार होते हैं।" आर्या ने कहा। "पर मैं तो पहले से ही तैयार

हूँ।" श्रेया ने कहा। "तुम एक चीज भूल रही हो, यह एक थीम बर्थ डे पार्टी है और मैं तुम्हारे लिए भी एक ड्रेस लाई हूँ। चलो, जल्दी चलो, हमारे पास ज्यादा समय नही है।" आर्या और श्रेया अपनी कॉस्टयूम पहनकर तैयार हो गयीं। आर्या ने एक काले गाउन के साथ चुड़ैल की टोपी पहनी थी, साथ में ऊंची एड़ी की सैंडल और डार्क रेड लिपस्टिक के साथ स्मोकी आईज कर रखी थीं। श्रेया ने एक लाल और काली ड्रेस, टोपी और हील्स पहनी थीं और नैचुरल मेकअप किया था। सात बजे तक सभी मेहमान आने लगे थे और सभी थीम के अनुसार तैयार होकर आए थे। आर्या ने सबका स्वागत किया और फिर उसने अपने दोस्तों के साथ खूब तस्वीरें ली और वे सब खूब जमकर नाचे भी। आर्या की माँ ने उन्हें ठंडा शरबत और स्नैक्स सर्व किए। कुछ देर बाद आर्या थक कर एक कोने में बैठ गई। थोड़ी देर बाद श्रेया उसके बगल में आकर बैठ गई, "इतनी जल्दी थक गई?" आर्या ने श्रेया से पूछा। "सच में? मुझसे पहले तो तुम आकर बैठी थी। मैं तो तुम्हे थोड़ी कंपनी देने आई थी," श्रेया ने कहा। "मैं तो सिर्फ यहाँ थोड़ी सांस लेने आई थी।" "झूठी, तुम यहाँ आई थी क्योंकि तुम थक गई थी पर तुम यह मानोगी तो है नहीं" श्रेया ने कहा। आर्या मुस्कुराई और कहा "ऐसे ही, कुछ भी"। इसके बाद वह पागलों की तरह हंसने लगीं। अदिति और समीर आर्या को इतना खुश देखकर प्रसन्न थे।

अध्याय 3

थोड़े दिनों बाद स्कूल में आर्या और श्रेया अपने प्रैक्टिकल परीक्षा के लिए पढ़ रहे थे। जब वे पढ़ रहे थे, श्रेया का बॉयफ्रेंड पास से गुजरा।

"ध्यान से पढ़ो!" आर्या ने कहा। "क्या? मैं तो पढ़ ही रही हूँ।" श्रेया ने शर्माते हुए कहा। "हाँ, मैं वो तो देख ही रही हूँ। तुम तभी पढ़ सकती हो जब तुम अपनी किताबों में देखोगी।" श्रेया मुस्कुराई और बोली, "तुम उसे क्यों नही पसंद करती हो? स्कूल की हर लड़की उस पर जान छिड़कती है। चलो उसे छोड़ो, तुम्हें तो इस स्कूल में कोई भी नहीं पसंद है!" "मुझे इससे क्या मतलब जब मुझे यह चीज समझ में ही नहीं आती? मुझे यथार्थ में जीना अच्छा लगता है।" आर्या ने कहा। "अच्छा, अच्छा, बस चुप हो जाओ! फिरसे अपना भाषण मत शुरू कर देना कि कैसे तुम्हे रोमेंटिक लव से नफरत है और तुम्हे वह कितना बचकाना लगता है। मैं वो सब सुनते-सुनते थक गयी हूँ।" श्रेया बोली। "चलो छोड़ो, मैं तो प्रेक्टिकल इग्जाम के लिए बहुत नर्वस हूँ। मुझे जरा भी भान नहीं है कि मैं क्या करने वाली हूँ।" घबराओ नहीं, तुम अच्छा करोगी," श्रेया ने उसे ढांढस बंधाते हुए कहा।

उसी दिन उनके स्कूल में एक फुटबॉल मैच था। श्रेया ने जबरदस्ती करके आर्या को अपने साथ आने पर मना लिया था। मुझे विश्वास ही नहीं हो रहा कि मैंने अपना क्लास एक फुटबॉल मैच देखने के लिए छोड़ दिया, जो एक फीफा सॉकर वर्ल्ड कप का मैच भी नहीं है"। आर्या ने शिकायती लहजे में कहा। "देखो तो, बहुत मजा आने वाला है और नोट्स तो हम औरों से भी ले सकते हैं।" श्रेया ने जवाब में कहा। जब वे फुटबॉल ग्राउंड पहुंचे तो आर्या ने श्रेया के बॉयफ्रेंड को फील्ड में खड़ा देखा और वह समझ गई कि क्यों श्रेया उसे बार-बार मैच के लिए जोर दे रही थी। "क्या तुम पागल हो गई हो?" आर्या ने गुस्से से पूछा। "क्या मतलब?" श्रेया ने भोलेपन से पूछा। "हमने अपना क्लास केवल इसलिए छोड़ा कि हम इसको खेलते हुए देख सकें? मैं तुम्हे आगाह कर रहीं हूँ कि तुम बहुत बुरी तरह से चोट

खाने वाली हो। अच्छा होगा कि तुम अपने ख्वाबों की दुनिया से बाहर आ जाओ।" आर्या ने समझाते हुए कहा। "आर्या एक बार के लिए तो मैच बिना अपने विचार दिए, देख लो, प्लीज?" आर्या फिर बिना कोई व्यंग किए मैच देखने के लिए राजी हो गई।

मैच एक इंटर-हाउस मैच था, जिसमें जीतने वाली टीम आगे इंटर-स्कूल प्रतियोगिता में जाएगी। प्रतिस्पर्धा में भाग लेने वाले हाउस थे- यूनिटी हाउस और पीस हाउस। श्रेया का बॉयफ्रेंड, समाया पीस हाउस में था। मैच शुरू हुआ और 20 मिनट के अन्दर ही स्कोर बोर्ड 2-0 से यूनिटी हाउस के पक्ष में दिखा रहा था।

श्रेया लगातार प्रार्थना कर रही थी कि किसी तरह पीस हाउज 3 गोल कर पाए। आर्या ने व्यंग न करने का वादा किया था पर इस परिस्थिति को देखकर वह अपने को रोक नहीं पाई। "भगवान धरती पर आकर उनकी मदद नहीं करने वाले तो उनको बेकार में क्यों परेशान कर रही हो?" श्रेया ने इस बात पर उसे एक गुस्से से भरी नजर से देखा और अपना मुंह बंद रखने को कहा।

मैच के दौरान आर्या को एक छाया दिखाई दी पर वह उसे समझ नहीं पाई। उस झलक में उसने फील्ड में एक लड़के को चोट लगते हुए देखा। कुछ ही देर बाद, वही लड़का अपनी कोहनी के बल गिर पड़ा और उसे अस्पताल ले जाना पड़ा। आर्या को एक जोर का झटका लगा। उसने श्रेया को बताया कि उसे पहले से ही मालूम था कि उस लड़के के चोट लगने वाली है और उसे ऐसा लगा कि जैसे पूरा सीन उसके आगे रिपीट हो रहा हो। श्रेया ने आर्या की बेचैनी को महसूस किया और उसे शांत करने के लिए कहा कि यह आम बात है और ऐसा सबके साथ होता है। इसे देजा वू कहते हैं। आर्या उसकी बातो से संतुष्ट हो गई क्योंकि उसने अपनी माँ को भी कई बार देजा वू के बारे में बात करते हुए सुना था। श्रेया ने पूछा "तुम्हे क्या लगता है कौन सी टीम जीतेगी?" आर्या ने जवाब में कहा कि "सच पूछो तो मुझे इससे कोई फर्क नहीं पड़ता।" यह सुनकर श्रेया का दिल टूट गया। यह देखकर आर्या ने कहा "चलो आई ऐम सौरी, मुझे पता है कि मैंने कहा था कि मैं व्यंग नहीं करूंगी। सच कहूं तो मैं चाहती हूँ कि पीस हाउस जीते। हालांकि स्कोर अभी 2-1 है पर अगले 40 मिनट में वे बढ़त

ले सकते हैं।" यह सुनकर श्रेया के चेहरे पर मुस्कान आ गई क्योंकि कम से कम आर्या कोशिश तो कर रही थी। पर आर्या झूठ नहीं बोल रही थी। वो सच में चाहती थी कि पीस हाउस जीते पर वह तो लगभग असंभव ही था। यूनिटी हाउस के खिलाफ एक ही गोल करने में उन्हें जी जान लगानी पड़ी थी, 2 और गोल करना तो दूर की बात थी। पिछले पांच सालों से यूनिटी हाउस सॉकर में अव्वल टीम रही थी।

फुटबॉल मैच के कुछ दिन बाद, आर्या को एक भयंकर कार एक्सीडेंट का सपना आया। अपने सपने में उसने श्रेया को उस कार में देखा और उसे काफी चोट भी आई थी। इसने आर्या को बुरी तरह से हिला दिया। उठने पर सबसे पहले उसने श्रेया को कॉल किया लेकिन श्रेया ने फोन नहीं उठाया। इससे आर्या और भी घबरा गई।

वह जल्दी से स्कूल की ओर भागी पर उसे श्रेया कहीं भी दिखाई नहीं दी। उस दिन आर्या, अपनी दोस्त के लिए परेशान होने की वजह से क्लास में बिलकुल भी ध्यान नहीं दे पाई और जैसे ही छुट्टी की घंटी बजी, वह श्रेया के घर की ओर निकल पड़ी।

श्रेया के घर पर उसकी माँ ने उसे श्रेया के एक्सीडेंट के बारे में बताया। श्रेया की माँ ने जिस एक्सीडेंट के बारे में बताया वह बिलकुल वैसा ही था जैसा आर्या ने अपने सपने में देखा था।

शाम को आर्या, श्रेया को देखने अस्पताल गई।

"आर्या, मुझे तुम्हारे आने की कोई उम्मीद ही नहीं थी!"

"मुझे पता है। तुमने तो मुझे बताया तक नहीं।"

"अच्छा तो ठीक है, अगली बार जब भी मैं चोट लगने का प्लान करूंगी तो मैं तुम्हें कॉल कर दूँगी।"

फिर दोनों हंस पड़े।

"हाँ, जरूर करना नहीं तो फिर देख लेना," आर्या ने मुस्कुराकर कहा।

MYSTICAL WORLD
by Willie Barrea

अध्याय 4

कुछ ही दिनों में आर्या की परीक्षाएं थीं। लेकिन वो फंतासी बुक्स पढ़ने में लीन थी। यह देखकर अदिति बहुत गुस्सा हुई।

"आर्या तुम्हारी परीक्षाएं सर पर हैं! जाओ, जाकर पढ़ो नहीं तो मैं ये सब किताबें जला दूँगी।"

"माँ, बस एक घंटा और फिर उसके बाद मैं पढ़ लूंगी।"

"क्या तुम मजाक कर रही हो? अभी जाओ और अपनी तैयारी शुरू करो," अदिति ने आर्या पर चिल्लाते हुए कहा।

अदिति को आर्या की बहुत चिंता थी क्योंकि पहले तो वह अपनी पढ़ाई को लेकर काफी संजीदा और सजग रहती थी पर इधर वह अत्यंत लापरवाह और गैर जिम्मेदार हो गई थी। वह केवल या तो किताबें पढ़ रही होती थी या फिर फोन पर बातें कर रही होती थी।

आर्या का व्यवहार दिन पर दिन बदल रहा था। अदिति उसकी पढ़ाई को लेकर बहुत परेशान थी।

आर्या अपने कमरे में चली तो गयी पर पढ़ने के बजाय उसने अपनी कोर्स बुक्स छिपा दीं और अपनी नॉवेल पढ़ने लगी। उसने यह किताब अपनी कोर्स बुक के नीचे रखी जिससे कि उसकी माँ को पता न चले। आर्या कभी ऐसे नहीं करती थी पर ऐसा लगता था कि वह उस किताब में ऐसी खोई हुई थी कि उसे समझ में ही नहीं आ रहा था कि वो अपना समय बर्बाद कर रही है।

वो जो किताब पढ़ रही थी, वह जादूगरों और चुड़ैलों के विषय में थी। वह बीसवीं सदी में लिखी गई थी और लेखक के अनुसार वह एक सत्य कहानी पर आधारित थी। यही कारण था कि आर्या अपनी पढ़ाई पर ध्यान नहीं दे पा रही थी।

आर्या अभी भी अपनी नॉवेल पढ़ रही थी। अगले दिन उसकी गणित की परीक्षा थी। प्रायः वह अपने गणित के पेपर के पहले बहुत अधिक घबरा जाती थी पर यह बिलकुल ही भिन्न नजारा था। उसने सुबह 6 बजे तक अपनी नॉवेल पढ़ी और फिर एक घंटा सो गई।

स्कूल में आर्या श्रेया से मिली।

श्रेया: तुम्हारी तैयारी कैसी है? सब कुछ कर लिया?

आर्या: मैंने तो किताब को हाथ तक नहीं लगाया।

श्रेया: तुम मजाक कर रही हो। ये हमारी फाइनल परीक्षा है!

आर्या: हां, हां मुझे पता है। पर तो मैं ये विली बारेरा द्वारा जादूगरों और चुड़ैलों पर लिखी किताब पढ़ रही थी। लेखक के अनुसार किताब में वर्णित प्रसंग बिलकुल सत्य हैं। ये कितना रोमांचक है, है ना?

श्रेया (एकदम चिल्लाते हुए): क्या तुम पागल हो गई हो? तुम्हारा एक इग्जाम है जिसकी तुम्हे बिलकुल भी परवाह नहीं है। और तुम किसी ऐरे-गैरे लेखक की बात कर रही हो, जिसके बारे में किसी ने सुना भी नहीं है। और तुम उस पर विश्वास करती हो और तुमने अपना पूरा समय बेकार की नॉवेल्स पढ़ने में बर्बाद कर दिया!

आर्या: तुम इतना नाराज क्यों हो रही हो? मैं इग्जाम में पास हो जाऊंगी।

श्रेया: तुम्हें क्या हो गया है? एक समय तुम गणित इग्जाम के पहले कितना घबरा जाया करती थीं और अब तुम्हें कोई फर्क ही नहीं पड़ रहा। तुम केवल पास होना चाहती हो! पहले तुम सेकेंड पोजीशन के लिए भी तैयार नहीं होती थीं। तुम एक टॉपर थीं, आर्या और लोगों को तुमसे बहुत उम्मीदें हैं। मुझे पता है कि आंटी और अंकल कभी भी तुम्हारी परफोर्मेंस से संतुष्ट नहीं होते थे पर तुम हमेशा उनकी उम्मीदों पर खरा उतरने की कोशिश करती थीं।

आर्या: यह कोई बहुत बड़ी बात नहीं है। अब किसी और को यह मौका ले लेने दो।

श्रेया आर्या के इस बरताव से बड़ी हैरान थी। फिर वे अपने निर्धारित कमरों की तरफ चले गए।

वास्तव में, आर्या काफी घबराई हुई थी क्योंकि उसे पता था कि उसने कल रात कुछ भी नहीं पढ़ा था। पेपर मिलने से पहले आर्या बहुत डरी हुई थी पर पेपर मिलने के बाद बड़े आश्चर्य की बात थी कि उसको 3 महीने पहले पढ़ाए गए सवाल अभी भी याद थे। ये तो ऐसे था जैसे कि टीचर उसके बगल में खड़ी होकर उसके कान में फुसफुसा रही हो जबकि असलियत में ये एक फ्लैशबैक जैसा चल रहा था और वह भी इससे काफी हैरान थी।

एक महीने के बाद नतीजे आ गए और रिजल्ट लेते समय श्रेया आर्या का रिजल्ट देखकर दंग रह गई क्योंकि आर्या को मैथ्स में 100/100 मिला था।

श्रेया: तुम्हे 100/100 कैसे मिल गए जबकि तुमने उसके लिए पढ़ा भी नहीं था?

आर्या: मैं भी तुम्हारी ही तरह हैरान हूँ पर इसके अलावा कुछ और भी है। लेकिन तुम मेरा यकीन नहीं करोगी इसलिए बेहतर यही होगा कि हम उस पर बात ही न करें।

श्रेया: अच्छा चलो, मुझे पता है कि मैंने पास्ट में एक मूर्ख की तरह बर्ताव किया है पर मैं वादा करती हूँ कि अब वैसे नहीं करूंगी।

आर्या: ओके, ये थोड़ा विचित्र है। मैं जानती हूँ कि मैंने बिलकुल नहीं पढ़ा था और कुछ पाठ तो छुए तक नहीं थे पर इग्जाम के समय, मुझे उन पलों के फ्लैशबैक आ रहे थे जब वे पाठ हमें क्लास में पढ़ाए गए थे। मुझे टीचर द्वारा पढ़ाया गया हर शब्द याद था।

श्रेया: क्या?

आर्या: मैं सच कह रही हूँ।

श्रेया: तो तुम्हारे अनुसार तुम्हें तीन महीने पहले पढ़ाई गई सब बातें याद हैं, जबकि एक सामान्य इंसान को एक महीने पहले की बातें भी ठीक तरह से याद नहीं रहतीं।

आर्या: मैंने पहले ही कहा था कि तुम मेरा विश्वास नहीं करोगी।

श्रेया: चलो ठीक है, इसे टेस्ट कर लेते हैं।

वो क्या डेट थी जब मैंने तुम्हें अपने बॉयफ्रेंड के बारे में बताया था और मैंने ये किस जगह बताया था?

आर्या: एक साल पहले, 6 जनवरी 2015 को। तुमने मुझे ये तब बताया था जब हम स्कूल के बरामदे में घूम रहे थे।

श्रेया: ओके। अगला प्रश्न, तुम्हें कब पता चला कि तुम लैक्टोज-इंटोलरेंट हो और कितने बजे?

आर्या: ओके, 21 नवम्बर, 2014 की शाम को साढ़े तीन बजे जब माँ मेरी रिपोर्ट्स लाई थीं।

श्रेया: हमें अपक्षय (वेदरिंग) के बारे में किस क्लास में पढ़ाया गया था?

आर्या: 12 अगस्त, 2015 को भूगोल की क्लास में।

श्रेया: वाकई तुम संजीदा थीं! किसी की इतनी अच्छी मेमरी नहीं हो सकती! पर तुम पहले ऐसी नहीं थी।

आर्या: मुझे पता है मेरे साथ चीजें थोड़ी अजीब होती जा रही हैं। मुझे आजकल सपने आने लगे हैं जो कि बाद में सच हो जाते हैं।

अध्याय 5

आर्या ने अपनी पूरी छुट्टियाँ किताबें पढ़ते-पढ़ते और पिक्चर देखते हुए बिता दीं क्योंकि उसके पास कुछ करने को नहीं था।

"तुम बाहर खेलने क्यों नहीं जाती?" अदिति ने पूछा, फिक्र करते हुए। "मुझे ऐसा लगता है।" आर्या ने उत्तर दिया।

अदिति ने जोर दिया कि आर्या बाहर जाए या कुछ काम कर ले पर आर्या ने उसकी न सुनी और अपने कमरे में चली गई।

श्रेया आर्या से मिलने उसके घर आ गई। आर्या, हैरानी की बात नहीं है, अपनी माँ से बहुत गुस्सा थी क्योंकि वह हमेशा उसे बताती रहती थी कि उसे क्या करना चाहिए और क्या नहीं एक ५ साल की लड़की की तरह। "और क्या चल रहा है?" श्रेया ने पूछा।

"कुछ नहीं, बस मेरी माँ। वह आजकल मुझे बहुत गुस्सा दिलाती हैं।" आर्या ने कहा। "अब क्या हुआ?" श्रेया ने पूछा। "वो मुझे कुछ भी अपने हिसाब से नहीं करने देती" आर्या ने जवाब दिया। "जाहिर है, वह तुम्हारी माँ है और वह जो भी करती है तुम्हारे भलाई के लिए करती है। और एक दिन तुम उन्हें इन्हीं चीजों के लिए याद करोगी।" श्रेया ने कहा।" ठीक है, अब तुम अपना भाषण मत शुरू करो।" आर्या ने कहा।

श्रेया ने आर्या को एक पार्टी के बारे में बताया। यह पार्टी समाया के लिए जन्मदिन की पार्टी थी। आखिर ये उनका आखरी साल था स्कूल में। समाया 18 साल का हो गया था, लम्बा और गोरे रंग का भी था वो। स्कूल के लगभग हर लड़की को उस पर क्रश था। श्रेया पार्टी में जाना चाहती थी पर वो चाहती थी कि आर्या उसके साथ चले।

"मैं उस लड़के की पार्टी में नहीं जाना चाहती हूँ।"

"एक आखिरी बार मेरी बात मान लो!" श्रेया ने मिन्नत की।

"मैं उसे जितना चाहती हूँ, उतना ही उसे नापसंद भी करती हूँ।"

“उसने तुम्हारा क्या बिगाड़ा है?”

“कुछ नहीं, पर उसे बहुत घमंड है। वो हमेशा खुद को बहुत बड़ा समझता है क्योंकि उसके माँ-बाप अमीर हैं। इतना काफी है एक इंसान को नापसंद करने के लिए, मेरे ख्याल से।”

“हमारी दोस्ती की खातिर”, श्रेया ने फिर से जिद्द की।

“नहीं।”

श्रेया जाकर एक कोने में बैठ गई। “कोई इमोशनल ड्रामा नहीं, कृपया। अच्छा ठीक है, मैं चलूंगी।” आर्या अपने माँ-पापा से पूछ कर एक लाल ड्रेस और हील्स पहनने का सोचती है।

आर्या और श्रेया पार्टी में जाते हैं।

समाया आर्या और श्रेया का स्वागत करने दरवाजे पे जाता है। आर्या और श्रेया उसे बधाई देते हैं और उसका जन्मदिन का तोहफा उसे दे देते हैं। आर्या श्रेया से पूछती है कि सब उन्हें क्यों देख रहे हैं। श्रेया कहती है, “मैं भी वही सोच रही हूँ।”

वो उस कमरे में घुसी उसकी ड्रेस के चारों तरफ बर्फ उड़ते हुए। ज्यादातर लोगों ने उसकी खूबसूरती पर ज्यादा ध्यान नहीं दिया, पर उसके रंग पे। उसकी त्वचा गोल्डन रंग की थी। काले ऊन जैसे उसके बाल और उसका सर गर्व से ऊंचा, वो उस कमरे में एक अंदाज के साथ घुसी। उसके हील्स की आवाज कमरे में चल रहे शास्त्रीय संगीत में सुर डाल रही थी। सबकी आँखे उसपर थीं।

आर्याः मुझे यह पार्टी ठीक नहीं लग रही। मुझे लग रहा जैसे कि कुछ बुरा होने वाला है।

श्रेयाः मुझे तो यह पार्टी अच्छी लग रही है। समाया की पार्टी हमेशा अच्छी होती है।

आर्याः उम्मीद यही है।

आर्या और श्रेया को उनके दूसरे दोस्त मिल जाते हैं और वो साथ में नाचने लगते है। नाचते हुए, आर्या श्रेया के कान में बोलती है, “शायद तुम सही हो। यह पार्टी अच्छी हो सकती है।”

कुछ समय बाद समाया आर्या और श्रेया को शराब पीने के लिए देता है। आर्या पहले तो मना करती है पर श्रेया की जिद्द पर वह थोड़ा पीने की

सोचते हैं। वह वोदका पीने लगते हैं जब तक श्रेया टल्ली हो जाती है।

"आर्या, तुम मेरी सबसे अच्छी दोस्त हो। तुम्हे पता है ना?" श्रेया गाती है नशे में।

"हां, मुझे पता है। चलो घर चले। आर्या ने कहा, अचानक से घबराते हुए।

"ना, मैं समाया को बताना चाहती हूँ कि मैं उसे कितना चाहती हूँ।"

"आज नहीं।"

श्रेया को समाया के असली इरादों का पता नहीं था। पर वह पहले से ही श्रेया की भावनाएँ जानता था और उसने उनका फायदा उठाकर आर्या को अपनी पार्टी में बुलाया था।

समाया आर्या की ओर आकर्षित था। समाया ने कई बार आर्या से बात करने की कोशिश की थी पर वह हमेशा उसे नजरअंदाज कर देती थी। इससे वह उसके लिए और बेसब्र हो गया था। और क्योंकि ये उसका स्कूल का आखिरी साल था इसलिए उसने श्रेया का इस्तेमाल आर्या को अपनी पार्टी में बुलाने के लिए किया।

समाया ने अपने दोस्तों से शर्त लगायी थी कि वह पार्टी में आर्या को शराब पिलाकर बेसुध कर देगा और फिर उसका शारीरिक फायदा उठाएगा।

समाया ने ये सब सिर्फ शर्त जीतने के लिए नहीं किया था बल्कि अपनी दिली तमन्ना पूरी करने के लिए भी किया था।

समाया ने वोदका शॉट्स में कुछ ड्रग्स मिला दिए जिससे आर्या और श्रेया आसानी से अपने होशो-हवास खो दें।

श्रेया को बेसुध देखकर समाया को लगा कि उसका प्लान काम कर रहा है पर उसे आर्या की रहस्यमयी शक्तियों का पता नहीं था।

पर 2-3 शॉट्स के बाद भी आर्या अपने पूरे होश में थी जिससे समाया को बहुत गुस्सा आया। उसने तो सोचा था कि एक ही शॉट और ड्रग्स आर्या को बेसुध करने में सक्षम होगा। समाया ने अब एक शॉट में ड्रग्स की मात्रा पहले से चार गुनी कर दी और उसे आर्या को पेश किया। पहले तो उसने ड्रिंक लेने से मना कर दिया और वह समाया के इस बर्ताव से गुस्सा भी हो गई। आर्या ने कहा, "मैं अब और ड्रिंक नहीं करना चाहती, मुझे लगता है कि अब हमें घर जाना चाहिए।" समाया ने आर्या से कुछ और देर रुकने

का आग्रह किया पर उसने मना कर दिया और कहा कि, "बहुत लेट हो गया है। अब मैं और नहीं रुक सकती और वैसे भी श्रेया अपने होश में नहीं है।" समाया तब उसे चैलेन्ज करता है कि यदि वह एक घूँट में वह ड्रिंक खत्म कर देगी तो फिर वो उसे नहीं रोकेगा। आर्या ने ऐसा करने से मना कर दिया पर फिर समाया के दोस्त और सभी लोग उससे गुजारिश करने लगे।

"आर्या, चलो मान भी जाओ। बस एक ड्रिंक" श्रेया पीछे से बडबड़ाई।

आर्या पहले ही श्रेया की नशे में धुत हालत से गुस्सा थी और समाया का बर्ताव उसे और गुस्सा दिला रहा था।

"हमें अब चलना चाहिए," आर्या ने गुस्से से कहा।

आर्या ने श्रेया का हाथ पकड़ा और उसे दरवाजे की ओर खींचकर ले जाने लगी। जब वो दरवाजे की ओर जा रही थी, समाया को आभास हो गया कि वो शर्त हारने वाला है। समाया दरवाजे की ओर लपका और उसने आर्या को धक्का दे दिया।

"बस एक और ड्रिंक।"

आर्या समाया पर चिल्लाने लगी "मैंने कहा नहीं। तुम्हें समझ में नहीं आता? मुझे जाने दो।"

उसको छोड़ने की जगह, समाया ने उसकी कमर और जोर से पकड़ ली।

"मैं तुम्हें चेतावनी दे रही हूँ, मुझे छोड़ो।"

समाया ने उसकी एक न सुनी।

आर्या गुस्से में तिलमिला रही थी। उसकी आँखें लाल हो गईं थीं और उसका शरीर गर्म हो गया था। उसने समाया को धक्का दिया और वह एक कोने में गिर पड़ा। म्युजिक बंद हो गया था और सब आर्या की ओर देख रहे थे।

आर्या की आवाज बदलकर एक महिला की तरह हो गई और वह चिल्लाई," मैंने तुम्हें चेतावनी दी थी, हैं न?"

समाया के माथे पर एक कट हो जाता है पर इससे आर्या को कोई फर्क नहीं पड़ता। वह कहती है "अब तुम्हें पता चलेगा कि एक लड़की को उसकी मर्जी के बिना छूना कितना खतरनाक साबित हो सकता है।" कमरे में मौजूद सभी लोग आर्या के इस रूप से सहम गए थे। "आर्या इसके खून बह रहा है," श्रेया ने बताया। "तुम अपना मुंह तो बंद ही रखो। ये सब

तुम्हारी वजह से ही तो हो रहा है। तुम्हे अभी भी अपनी ही परवाह है। तुम्हे कोई फर्क नहीं पड़ता कि उसने तुम्हारी फ्रेंड को गलत तरीके से छुआ?" श्रेया भी समाया के बर्ताव से हिली हुई थी पर आर्या ने उसे और अचंभित किया हुआ था क्योंकि उसकी आवाज बदली हुई थी, उसकी आँखें लाल थीं। श्रेया ने आर्या का कभी इतना गुस्सा नहीं देखा था। श्रेया ने कहा "चलो चलें" और आर्या और श्रेया अपने अपने घर चले गए।

अगली सुबह आर्या श्रेया के पिछली रात के व्यवहार से बहुत निराश थी। दूसरी तरफ श्रेया अपने को गुनाहगार समझ रही थी। श्रेया को उसकी एक दोस्त का कॉल आया और उसने श्रेया को समाया की शर्त और उसकी आर्या पर बुरी नजर के बारे में बताया। श्रेया को बहुत बड़ा धक्का लगा और उसे बड़ी ग्लानि हुई, क्योंकि उसकी भावनाओं के साथ खेला गया था।

श्रेया आर्या से मिलने और उससे माफी मांगने गई। अदिति ने दरवाजा खोलते हुए पूछा "तुम घंटी क्यों नहीं बजा रहीं थीं? मैंने तुम्हे खिड़की से आते हुए देखा था। मैंने आर्या को भी हमेशा यही समझाया है कि रिश्तों और अहम् के बीच सदैव रिश्तों को ही अहमियत देनी चाहिए। क्योंकि अगर तुमने अहम् को रिश्तों के ऊपर चुन लिया तो तुम उन लोगों को खो दोगी जो तुम्हे प्यार करते हैं। मुझे पता है कि तुम लोगों का कल झगड़ा हुआ था। आर्या ने आज सुबह नाश्ता नहीं किया। उसे कुछ खिला दो।" श्रेया ने अदिति से माफी मांगी पर अदिति ने कहा कि उसे उससे माफी मांगने की कोई जरुरत नहीं है। फिर श्रेया आर्या के कमरे की ओर गई और उसने दरवाजे को खटखटाया।

"आई ऐम सौरी।"

"तुम यहां क्यों आई हो? मैं इस समय बहुत बुरे मूड में हूँ, बेहतर होगा कि तुम चली जाओ।"

"कम से कम मेरी बात तो सुन लो।"

आर्या जाकर अपने बेड पर बैठ जाती है, "बोलो।"

श्रेया आर्या को शर्त के और समाया के मंसूबों के बारे में बताती है। वह अपने नशे में होने का कारण भी बताती है कि कैसे समाया ने उन दोनों की ड्रिंक्स में कुछ नशीला पदार्थ मिला दिया था।

"तुम इतना यकीन के साथ ये सब कैसे कह सकती हो?"

श्रेया ने उसे बताया कि सुबह शैरोन ने उसे कॉल किया था। शैरोन समाया के बेस्ट फ्रेंड की गर्लफ्रेंड थी। जब वे दोनों पार्टी से निकले तो शैरोन और उसका बॉयफ्रेंड टहल रहे थे और क्योंकि उसके बॉयफ्रेंड ने बहुत शराब पी रखी थी, उसने नशे की हालत में उसके सामने सब सच बक दिया था। आर्या ने कहा, "मैं समाया की इस करतूत से बिलकुल भी हैरान नहीं हूँ, मुझे हमेशा से पता था कि वह एक बुरा इंसान है। यही वजह है कि मैं हमेशा तुम्हें उससे दूर रहने को कहती थी।"

श्रेया बोली कि मैंने एक बात समझ ली है कि लोग तुम्हारी कमजोरियों का फायदा उठा सकते हैं। मैं कितनी मूर्ख इंसान हूँ। उसने तुम्हें पाने के लिए मेरा इस्तेमाल किया। अगर वह अपने इरादों में कामयाब हो जाता तो क्या होता? मैं सबसे गंदी दोस्त हूँ।"

श्रेया अपराधबोध से ग्रस्त और डरी हुई थी क्योंकि उसे लग रहा था कि वही इस सबके पीछे का कारण थी। फिर श्रेया रोने लगी और आर्या से माफी मांगी।

"श्रेया, चलो ठीक है। मुझे कुछ हुआ तो नहीं। सब नॉर्मल है और वैसे भी मैं अपना ख्याल रखने में सक्षम हूँ।"

श्रेया ने आर्या को गले लगा लिया और आर्या उसे सांत्वना देने लगी।

अदिति उन दोनों के लिए कुछ स्नैक्स लाई थी और बोली, "अब जब सब ठीक है तो तुम दोनों कुछ खा लो।"

आर्या ने अपनी माँ से ट्रे ले ली और मुस्कुराकर बोली "मॉम अब आप जा सकतीं हैं। श्रेया और मैं अब मूवीज देखेंगे।" और फिर अदिति चली गई।

जब आर्या और श्रेया स्नैक्स खा रहे थे, श्रेया बोली, "पर समाया से ज्यादा कल तुमने मुझे आश्चर्यचकित किया। मैंने तुम्हे वैसे कभी नहीं देखा है।"

आर्या ने जवाब में कहा "मुझे पता है, आजकल जब भी मुझे गुस्सा आता है तो ऐसा लगता है कि मैं उसे कंट्रोल नहीं कर पाती हूँ।"

श्रेया बोली "अपने गुस्से पे काबू न कर पाना तो नॉर्मल है पर तुम्हारी आवाज का बदलना नॉर्मल नहीं है।"

आर्या ने आश्चर्य से पूछा, "मेरी आवाज बदल गई थी।"

श्रेया ने हामी में अपना सर हिलाया। श्रेया ने तो उससे यह भी पूछा कि

"अगर समाया ने हम दोनों की ड्रिंक्स में नशे की दवा मिलाई थी, तो फिर उसने मुझ पर ही क्यों असर किया, तुम पर क्यों नहीं।"

"मुझे इसके बारे में कुछ पता नहीं है।"

आर्या अपने बर्ताव के बारे में खुद भी जिज्ञासु थी। पर श्रेया ने कहा "इस सबको छोड़ो। परीक्षा के दौरान, तुमने मुझे एक किताब के बारे में बताया था, याद है?"

"हाँ, मुझे याद है, मैं उस किताब पर कुछ रिसर्च वर्क कर रहीं हूँ" आर्या बोली।

"क्या?" श्रेया ने हैरानी से पूछा।

"जब मेरा हो जाएगा तो मैं तुम्हे खुद ही बता दूँगी।" आर्या ने उससे कहा।

अध्याय 6

उस रात के बाद, आर्या उस किताब पर रिसर्च करने में और अधिक समय व्यतीत करने लगी। किताब का नाम था 'मिस्टिकल वर्ल्ड' (जादुई दुनिया), जिसे लिखा था विली बरेरा ने। वह बीसवीं सदी में लिखी गई थी। आर्या की उसमें खास रुचि इसलिए थी क्योंकि लेखक के अनुसार वह एक सच्ची कहानी थी। कहानी की पृष्ठ्भूमि लन्दन की थी। यह एक आदमी के चुड़ैल से मिलने और जादुई दुनिया में जाने के अनुभव के बारे में थी।

उपन्यास के आखिर में लेखक ने कहा था कि यह व्यक्ति सचमुच में था और यह कहानी सच्ची है।

कुछ दिनों पहले अपने पिता की लाइब्रेरी की सफाई करते हुए आर्या को यह किताब मिली थी। उसने किताब अपनी परीक्षा के दिनों में खत्म कर दी थी मगर इस किताब और उसके लेखक के बारे मैं छानबीन इन्टरनेट पर उपलब्ध नहीं होने के कारण, नहीं कर पाई थी। वह एनी लाइब्रेरी और किताब की दुकानों मैं भी उस लेखक की दूसरी किताब के लिए गई मगर किसी को भी इन किताबों के बारे मैं जानकरी नहीं थी, क्योंकि यह लेखक मशहूर नहीं था।

आर्या ने अपनी जांच शुरू की इनटर्नेट पर उसे कुछ भी नहीं मिला। इंटरनेट के अनुसार ऐसी कोई भी किताब या लेखक नहीं था। इसके बाद आर्या अपने पिता के पास गई उनसे खुद ही उस किताब के बारे में पूछने, पर समीर को भी इस किताब के बारे में कुछ नहीं था, जबकि ये किताब उसी की लाइब्रेरी में पाई गई थी। आर्या ने वो किताब बार-बार पढ़ी उसकी कहानी के बारे में जानने के लिए, पर उसे कुछ भी नहीं मिला। ये कहानी एक आदमी के बारे में थी जो कि एक लेखक था और लन्दन के जंगलों के पास एक झोपड़ी में रहता था। उसने जंगलों में रहने का सोचा क्योंकि वो शहर की भीड़ से दूर रहकर अपना काम करना चाहता था। एक बार उसकी माँ उससे मिलने आई। उसकी और उसकी माँ की लड़ाई हो गई

उसके करियर और शादी के मामले में। उसकी माँ चाहती थी कि वो जल्दी से शादी कर ले और कुछ अच्छा काम करे जिससे उसकी जिन्दगी आराम से गुजरे। वो शादी नहीं करना चाहता था, क्योंकि उसके अनुसार वो अभी इतनी जिम्मेदारियों के लिए तैयार नहीं था। वो अपनी किताब पे ध्यान देना चाहता था। उस रात, वो जंगलों में टहलने चला गया, अपना मन शांत करने के लिए। अपने ख्यालों में गुम उसने ध्यान नहीं दिया कि वो बहुत दूर आ गया था और इसी कारण वो खो गया। जंगल बहुत घना था और उसके चारो तरफ सिर्फ अँधेरा था। पहले उसने रास्ता ढूंढ़ने की कोशिश की परन्तु उसे कुछ नहीं हुआ।

आखिर में, वो एक बड़े से पेड़ के नीचे बैठकर सो गया मदद की उम्मीद में। कुछ देर बाद, पेड़ के अन्दर से कोई चीज उसे पेड़ से दूर ध केलने लगी। वो अचानक से उठ गया और उसने जब घूमके देखा तो उसे सिर्फ एक हाथ दिखाई दिया जिससे वो बहुत सहम गया। वो अचानक से खड़ा हो गया। एक औरत पेड़ के निचले भाग से निकलकर आ गई। उसने चिल्लाना शुरू कर दिया। उस औरत ने उसे चिल्लाने के लिए मना किया पर उसने उसकी ना सुनी, पूरे दृश्य से हैरान होने के कारण। फिर उस औरत ने "ऐर्केता" कहा और वो बिलकुल चुप हो गया। उसकी आवाज मानो चली गई थी। वो औरत उसके पास आकर खड़ी हो गई और उसने कहा, "घबराओ मत, यह सिर्फ 5 मिनट तक चलेगा। मेरा दिमाग खराब हो रहा था। सबसे बढ़िया तरीका था तुम्हे चुप करने का।" वो टूटे वाक्य बोल रही थी। उसके लम्बे, मलमल जैसे बाल थे। बड़ी-बड़ी भूरी आँखें थीं जो उसकी त्वचा के मिलती थी। उसने एक लम्बी काली ड्रेस पहनी थी जिससे उसकी कद काफी लम्बी लग रही थी जो मेरे अनुसार 5'8 फीट थी। वो अपने आप में बहुत सुन्दर थी और वो लेखक पहली नजर में उसका दीवाना बन गया। उस औरत ने कहा, "मुझे पता है तुम्हारे पास बहुत प्रश्न हैं। मैं एक जादूगरनी हूँ। मेरा नाम मोरिगन है। अब तुम सोच रहे होगे किस प्रकार की। अच्छी या बुरी। ये तुम पर निर्भर करता है। तुम मेरे साथ कैसा व्यवहार करते हो।" उसने एक शरारती मुस्कराहट दी। उस लेखक ने आखिर बोलना शुरू किया क्योंकि जादू टूट चुका था। "क्या? एक जादूगरनी? ये नहीं हो सकता! और मेरे व्यवहार के अनुसार तुम अच्छी या बुरी बनोगी?" "हां।। मुझे पता

है कि नुइकान्तो को हमारे बारे में नहीं पता।। नुइकान्तो मतलब लोग जो जादू नहीं जानते। चिंता मत करो, मैं तुम्हे कुछ नही करूंगी।" ये सब सुनने के बाद, वो सचमुच, चिंता ही करे जा रहा था। वो हद से ज्यादा डरा हुआ था, उसे कुछ भी समझ नहीं आ रहा था। "रेगाफेरी" मोरिगन ने कहा और एक पानी से भरा गिलास प्रकट हो गया जो उसने उसे दिया। वो ये सब देखकर दंग था। उसने ध्यान से, शक करते हुए वो पानी पिया। मोरिगन ने उससे उसका नाम और उसके व्यवसाय के बारे में पूछा। उसने बातें कीं उसका नाम विली था और वो एक लेखक था। उसने उससे मदद भी मांगी क्योंकि वो जंगल में भटक गया था। मोरिगन उसकी मदद करने के लिए राजी हो गई लेकिन एक शर्त पर; कि वो उसकी दुनिया देखने उसके साथ चलेगा। विली मान जाता है। मोरिगन उसे उसके पीछे आने को बोलती है। वह उस पेड़ के अन्दर जाते हैं। लेखक ने जादुई दुनिया को सपनों की दुनिया के रूप में दर्शाया था। लेखक के अनुसार, कोई भी व्यक्ति ऐसी दुनिया में रहना चाहेगा। मोरिगन मोर्फिअस शहर की रानी थी। उसका राज्य खूबसूरत था; साफ हवा, उसके महल जैसा विली ने कुछ नहीं देखा था। वो महल एक पहाड़ पे था। उसे किसी ने नहीं बनाया था। लेखक के अनुसार, ऐसा लग रहा था कि जैसे पहाड़ हो खोदकर उसमें कमरे बनाए गए थे। उसके लिए ये एक अलग ही एहसास था। मोरिगन ने उसे कई चीजों के बारे में बताया और उसे महल घुमाया। कई चीजें किताबों में लिखी हुई थी। उसमें से एक चीज थी कि जादूगर और जादूगरनियाँ कभी बूढ़े नहीं होते थे परन्तु उनकी शक्तियां उनके साथ कमजोर होती जाती थी। हर जादूगर के पास उसकी एक अलग खूबी थी जिससे वो दूसरों से अलग था। लोग अपने जादू के हिसाब से अलग-अलग शहरों में रहते थे। मोर्फिअस के लोग भविष्य और सपनों के जादू जानते थे। कुल मिलाकर ३० शहर थे। सुबह, मोरिगन ने विली को उसके झोपड़ी पर छोड़ दिया। वो किताब जादुई दुनिया के बहुत सारे नक्शे और तस्वीरों से भरी हुई थी।

इस किताब में ऐसा कुछ खास नहीं था कि इसे किसी को कुछ मजा आता पर आर्या इस किताब में खूब खोई हुई थी। वो चाहती थी कि वो काश एक बार इस दुनिया को देख पाए।

"आर्या, खाना तैयार है!" अदिति ने चिल्लाकर आर्या को बुलाया।

"आई माँ!"

आर्या ने उस किताब की कहानी अदिति को बताई। पहले तो अदिति आर्या की बातें कुछ ज्यादा ध्यान से नहीं सुन रही थी। पर जब आर्या मोरिगन के बारे में बताने लगी तो अदिति चौक गई।

"क्या नाम लिया तुमने?"

"मोरिगन," आर्या ने लापरवाही से जवाब दिया।

"तुम कौन सी किताब पढ़ रही हो?"

आर्या ने बताया कि कैसे लेखक के अनुसार यह कहानी सच थी। अदिति बहुत डर गई थी। उसके शक अब साबित हो रहे थे। उसका बीता हुआ कल उसे डरा रहा था। अदिति ने घूँट भरा और आर्या से वह किताब उसे कुछ दिनों के लिए देने को कहा क्योंकि वो उसे पढ़ना चाहती थी। और तो और अदिति ने उस किताब और उसके लेखक को अपने फोन पर गूगल करके ढूंढना चाहा पर उसे कुछ नहीं मिला।

अदिति ने किताब पढ़ी और उसका डर और गहरा हो गया, क्योंकि उसे पता था कि कहानी 100% सच न भी हो पर उसमें कुछ सच्चाई जरूर थी। अदिति ने इसका समीर से जिक्र किया पर उसने उसकी बात ये कहते हुए अनसुनी कर दी कि वह परियों की कहानियों में विश्वास करकर बिलकुल बच्चों जैसी हरकत कर रही है। अदिति ने उस किताब को कुछ और दिन और अपने पास रखने का निश्चय किया।

अध्याय 7

समीर वन मंत्रालय में अब 20 वर्षों से काम कर रहा था और अब वह भारतीय वन मंत्रालय में एक सचिव था। अपने शुरुआती सालों में, समीर लंदन में 4 सालों के लिए पोस्टेड रहा था। वह एक बड़ा ही प्रैक्टिकल और खुले विचारों वाला व्यक्ति था। उसने कभी भी फंतासी, अंधविश्वास, सितारों जैसी बेकार के और निरर्थक विषयों पर कभी विश्वास नहीं किया था। वह एक अनुशासित व्यक्ति था जो अपने काम को बहुत पसंद करता था। पर अपने काम की धुन में उसने आर्या के साथ कभी ज्यादा वक्त नहीं बिताया था और स्वाभाविक था कि आर्या भी समीर से बहुत घनिष्ट नहीं थी।

आर्या की छुट्टियों को अब केवल 15 दिन ही बचे थे, उसके सपने अब और अधिक बुरे और स्पष्ट होने लगे थे। आर्या भी अपने अन्दर हो रहे बहुत से अलग किस्म के बदलावों के चलते बहुत ही चिड़चिड़ी हो गयी थी।

वह चिड़चिड़ी उन बदलावों के कारण नहीं हुई थी बल्कि इसलिए क्योंकि वह उनको समझ नहीं पा रही थी। इस स्थिति में अपने को लाचार पाकर वह और अधिक निराश हो गई थी। वह बिना छुए चीजों को हिला सकती थी जो नार्मल परिस्थितियों में बिलकुल भी संभव नहीं है। पर जो भी आर्या की जिन्दगी में हो रहा था, वह बिलकुल भी सामान्य नहीं था। वह अपने सपनों में भविष्य में होने वाली घटनाओं को देख सकती थी। उसका गुस्सा दूसरे लोगों के लिए खतरनाक हो चुका था। आर्या फंतासी बुक्स पढ़ती थी पर उनके पीछे भी कारण होते थे। लेकिन आर्या इन बदलावों को न समझ पा रही थी और ना ही समझा और ये उसे बहुत गुस्सा दिला रहा था। आर्या ऐसी इंसान थी जो सब कुछ जानना चाहती थी। एक जानकार आदमी की तरह, पर इस सबकी तो उसे आधी भी जानकारी नहीं थी।

24 जून 2017 (सांयकाल)

(समीर अभी अभी ऑफिस से आया है)

समीर (चिल्लाकर): अदिति! तुम कहाँ हो? मेरे पास एक खुशखबरी है! आर्या?

(अदिति किचन से जवाब देती है)

अदिति: क्या है? मैं किचन में काम कर रहीं हूँ। यहीं आ जाओ।

समीर: तुम्हें पता है? इस सब को छोड़ो और पैकिंग करना शुरु कर दो। हम आखिरकार छुट्टी पर जा रहे हैं।

अदिति (व्यंग से): तुम पैसे बर्बाद करने वाले ऐसे नए-नए आइडियास कहाँ से लाते रहते हो?

समीर: मुझे दुबई और लंदन जाना है। हालांकि ये ऑफिस के काम से है पर हम लोग थोड़ा घूमघाम भी लेंगे। मैं जब काम कर रहा होऊंगा, तब तुम दोनों शॉपिंग और मजे कर लेना।

अदिति (मन में मुस्कुराते हुए): तब मैं तुम्हारी इस बात पर कुछ गौर कर सकती हूँ।

समीर: इससे तुम्हारा क्या मतलब है?

अदिति: आर्या की छुट्टियाँ 15 दिनों में खत्म होने वाली हैं, वह अब ग्यारहवीं कक्षा में है। हमें उसके पेरेंट्स होने के नाते इसे गंभीरता से लेना चाहिए क्योंकि ये उसके फाउंडेशन साल हैं।

समीर: चलो भी! अभी 15 दिन और हैं और हम एक हफ्ते में वापस आ जाएंगे।

अदिति: ओके, ठीक है।

अदिति ने काम खत्म किया और पैकिंग शुरू कर दी। आर्या फूली नहीं समा रही थी क्योंकि लंदन की यह उसकी पहली यात्रा होगी। वह लंदन में पैदा हुई थी पर उसके बाद उसके पेरेंट्स भारत शिफ्ट हो गए थे।

पर लंदन में आर्या के लिए कई छुपी कहानियाँ हैं और आर्या के सभी सवालों के जवाब लंदन में छुपे हुए हैं।

दो दिन बाद तीनों दुबई के लिए रवाना हो गए। आर्या को दुबई जाना पसंद था क्योंकि उसे वहां का खाना और शॉपिंग पसंद थी। उन्होंने वहाँ तीन दिन बिताए और आर्या व अदिति ने कई बैग अपनी शॉपिंग से भर लिए।

हालांकि समीर अपनी मीटिंग्स में बिजी होने के कारण शॉपिंग नहीं कर पाया।

तीसरी रात को आर्या ने अपने पेरेंट्स के साथ जल्दी डिनर कर लिया क्योंकि अगली सुबह उन्हें जल्दी फ्लाईट पकड़नी थी।

चारों ओर धुंध छाई हुई थी। दूर से जंगल बिलकुल भी दिखाई नहीं दे रहा था। पर सुबह होने के कारण थोड़ी अधिक दृश्यता थी। वह उसकी तरफ बढ़ने लगी, हवाएं ठंडी थीं और जंगल की महक उसके लिए जानी पहचानी सी थी। वह बिना किंही निर्देशों के चली जा रही थी और ऐसा प्रतीत हो रहा था जैसे कि ये सब उसका जाना पहचाना हो। पर वह डरी हुई थी। उसे लग रहा था कि उसके पास बहुत शक्तियां हैं पर सब बेमतलबी क्योंकि वह कुछ भी कंट्रोल नहीं कर सकती थी। जंगल के बीचों-बीच एक बड़ा पेड़ था और उसे उसके स्टेम के पास एक रास्ता दिखाई पड़ा। वह उसके भीतर चली गई। वहाँ एक लड़का खड़ा था। जैसे ही वह अन्दर दाखिल हुई, उसने कहा "आखिर तुम आ ही गई, मैं कब से तुम्हारा इंतजार कर रहा हूँ।"

"उठो!" अदिति उसके सर पर पांचवी बार चिल्लाई।

"आर्या, हम लेट हो रहे हैं. जल्दी उठो!"

"हां-हां, माँ, मैं उठ रही हूँ।" आर्या बड़ी मुश्किल से आँख खोलते हुए बुदबुदाई।

"क्या तुमने आर्या को जगा दिया? हम पहले से ही लेट हैं।" समीर ने दूसरे कमरे से अदिति से पूछा।

"हाँ, मैंने जगा दिया है। तुम्हें पक्का यकीन है ना कि हम फारेस्ट व्यू होटल में नहीं रुक रहे हैं, हैं ना?

"हां, मुझे पक्का यकीन है।"

(आर्या कमरे में दाखिल होती है)

"फ्लाइट कितने बजे की है?" आर्या ने पूछा, जो अभी भी अपने नाइट सूट में थी।

"ये क्या है? तुम अभी तक तैयार नहीं हुई? हमें पंद्रह मिनट में निकलना है।" समीर ने घबरा के कहा।

"ठीक है, ठीक है। मुझे सिर्फ 10 मिनट लगेंगे।"

वे एयरपोर्ट के लिए निकलते हैं।

फ्लाइट लेट हो जाने के कारण वो लंदन शाम को नौ बजे पहुंचे। समीर को उनके ठहरने के इंतजाम को लेकर एक कॉल आता है और उसे पता चलता है कि जिस होटल में वे रुकना चाहते थे, उसके कमरे किसी उच्च पदाधिकारी को दे दिए गए थे और इसलिए उन्हें फॉरेस्ट व्यू होटल में ही ठहरना पड़ेगा। यह सुनकर अदिति काफी विचलित हो गई क्योंकि वो जंगलों के पास बिलकुल भी नहीं जाना चाहती थी और अब उन्हें जंगल के बीचों-बीच रहना पड़ेगा।

जब वे होटल पहुंचे, आर्या को अपने लिए एक अलग से रूम मिला। वह अपने सुबह वाले सपने को लेकर काफी परेशान थी। अपना ध्यान उससे हटाने के लिए, वो अगले दिन की प्लानिंग करने लगी उन सभी जगहों के बारे में जो वो घूमने जाएंगे। डिनर करने के बाद, आर्या ने अपने कमरे के परदे हटाए। वह हैरान रह गई क्योंकि बाहर का नजारा बिलकुल उसके सपने जैसा था। इससे आर्या डरकर पीछे हट गई और टेबल के ऊपर गिरते-गिरते बची। वो तुरंत अपने पेरेंट्स के कमरे में गई क्योंकि अब वो अपने कमरे में अकेले नहीं रहना चाहती थी।

अदितिः क्या हुआ आर्या? अभी तक तो तुम अकेले सोने के लिए बहुत उतावली थीं।

आर्याः मॉम, प्लीज मैं आपके और पापा के साथ सोना चाहती हूँ।

समीरः क्या तुम ठीक हो, अरु?

आर्याः हां, प्लीज मुझे बस यहां सोने दीजिये। कल से मैं वहां सो जाऊंगी।

अदितिः ये कोई तरीका नहीं है। तुम्हीं ने अलग कमरे की मांग की थी और अब हमने उसका पेमेंट भी कर दिया है। बेहतर है कि तुम वहीं जाकर सोओ।

आर्याः माँ प्लीज सिर्फ आज के लिए। मैं वादा करती हूँ कल से मैं वहीं सोऊंगी।

समीरः अदिति शांत हो जाओ! तुम हमेशा पैसों के बारे मैं नहीं सोचा करो। उसे देखो वो डरी हुई है।

अदितिः यह पैसों के बारे में नहीं है, यह उसकी गैर-जिम्मेवारी के बारे में है। मैंने उससे अलग कमरे, नहीं करने के लिए कहा था पर वो कभी भी मेरा कहा नहीं मानती है।

समीर: ठीक है अरु, वो आखिरकार समझ जाएगी।

आर्या अपने माँ और पिता के साथ सो गयी। बाद में अदिति को ख्याल आया की आर्या अकेले सोने से नहीं डर रही थी क्योंकि वो घर पर भी अकेले ही सोती है। इससे उसे लगा यह अकेले सोने के डर नहीं बल्कि कुछ और ही है। थोड़ी देर बाद अदिति आर्या के कमरे में गयी। उसने गिरा हुआ टेबल उठाया और खिड़की से जंगल का नजारा देखा। वो बेहद चिंतित हो उठी। धीरे-धीरे उसका डर सच होने लगा था। उसने अपने फोन पर होटल के बारे में गूगल किया। नतीजा निकला कि होटल आर्या के पैदा होने के एक साल बाद ही बना था।

अदिति अपने कमरे में वापस लौट आई और सोने की कोशिश करने लगी पर सो नहीं पाई क्योकि वो खुद को मोरिगन और पुराने दिनों के बारे में सोचने से रोक नहीं पा रही थी।

अध्याय-8

अदिति सो नहीं पाई। कुछ देर बाद वो उठी और आर्या के कमरे में गई और खिड़की के पास बैठ गयी। वो अपनी 17 साल पुरानी यादें इकट्ठा करने की कोशिश कर रही थी। अदिति और समीर हाल में ही लंदन शिफ्ट हुए थे। वे उसी जगह पर रहते थे जहाँ आज होटल स्थित था। समीर के काम और बिजी दिनचर्या के चलते अदिति खुद को बहुत अकेला महसूस करती थी। समीर को जो घर आवंटित हुआ था, वह एक विशाल, घने जंगल की शुरुआत में स्थित था। आप घर से जंगल का बहुत अच्छा नजारा ले सकते थे। वह लकड़ी से बना एक दो मंजिला घर था। उसका आर्किटेक्चर टिपिकल ब्रिटिश स्टाइल का था। अदिति को नेचर के बीच समय बिताना अच्छा लगता था, इसलिए वह जंगल में लम्बी वाक पर जाया करती थी। समीर के कुछ सहकर्मियों की पत्नियां उसे जंगल में जाने से मना भी करती थीं पर वह उनकी बात अनसुनी कर देती थी। शुरू में अदिति ने उनसे दोस्ती करने की कोशिश की पर वह कामयाब नहीं हुई क्योंकि उनका सोचने का नजरिया दूसरा था और जब भी वे बात करते, हर बातचीत बहस में बदल जाती थी।

बेकार की बहसबाजी में अपना समय बर्बाद करने के बजाय, वह वाक करना और नेचर के बीच में समय व्यतीत करना ज्यादा पसंद करती थी। एक दिन जब वो वाक कर रही थी तो उसने एक बेहद खूबसूरत महिला को देखा। उसके गहरे भूरे बाल थे, हलकी भूरी आँखें थीं। उसकी स्किन हलकी गुलाबी थी, उसकी हाइट 5 फुट 8 इंच थी और उसका शरीर बहुत सुडौल था। वह अदिति के पास आई और अपना परिचय दिया।

लेडी: हेलो, मेरा नाम मोरिगन है।

अदिति: हेलो, मेरा नाम अदिति है।

मोरिगन: तो आप जंगल में क्या कर रही हैं?

अदिति: मुझे नेचर के मध्य समय बिताना अच्छा लगता है।

मोरिगनः क्या आपको यह नहीं पता कि इस समय यहां आना सुरक्षित नहीं है?

अदितिः यहां कोई खतरा नहीं है। मैं यहां कई बार आ चुकी हूँ।

मोरिगन और अदिति बहुत देर बात करते रहे कि कैसे उन्हें जंगलों का काटा जाना पसंद नहीं है, क्योंकि उन दोनों को ही नेचर बेहद पसंद था। वे दोनों अपने विचार साझा करते कि उन्हें प्रकृति के बीच समय बिताना कैसा लगता था। वे और भी कई विषयों पर बाते करते थे। उन दोनों की बहुत जल्दी दोस्ती हो गई। उन दोनों ने एक साथ वाक करना तय किया क्योंकि उनके साथ और कोई वाक करने वाला नहीं था।

कुछ ही दिनों में अदिति और मोरिगन बहुत अच्छे दोस्त बन गए। मोरिगन ने अदिति को कई बार अपने घर ले जाने की पेशकश भी की, पर हर बार अदिति उसके साथ जाने से मना कर देती। कुछ दिनों बाद अदिति को पता चला कि आर्या होने वाली है। समीर और अदिति ये खबर सुनकर फूले नहीं समा रहे थे।

अदिति कुछ दिनों तक अपनी निर्धारित वाक पर नहीं गई क्योंकि उसको रोज मोर्निंग सिकनेस (जी मिचलाना) हो रही थी।

कुछ दिनों बाद....

जब अदिति वाक पर गई, तो वह मोरिगन से मिली और उसे अपने गर्भवती होने की खुशखबरी दी। मोरिगन यह सुनकर बहुत प्रसन्न हुई। अदिति ने फिर उसे बताया कि उसका इतने दिनों से वाक पर न आ पाना इसी मॉर्निंग सिकनेस और कमजोरी के कारण था।

मोरिगन ने अदिति को बताया कि उसे आयुर्वेद, जो की भारतीय संस्कृति में प्रचलित था, की जानकारी थी। अदिति खुद एक भारतीय होने के कारण, बोली कि यह बात उसे मोरिगन को बतानी चाहिए और न कि मोरिगन को उसे और फिर हँसने लगी। मोरिगन को यह बात थोड़ी बुरी लगी और फिर अदिति चुप हो गई और उसने मोरिगन से माँफी भी मांगी।

मोरिगन ने अदिति को बताया कि जब वो युवा थी तब उसकी एक भारतीय दोस्त होती थी जिसे आयुर्वेद की अच्छी जानकारी थी और उसी ने मोरिगन को इसके बारे में सिखाया था। अदिति ने मोरिगन की बात ध्यान से सुनी और फिर उससे मदद माँगी। मोरिगन ने उसे अपने घर चलने के लिए कहा जो कि थोड़ी ही दूरी पर था।

इस बार अदिति उसके साथ चली गई। जब वे वहाँ पहुंचे, मोरिगन ने उसे इंतजार करने के लिए कहा और वह उसके लिए एक खास सूप बनाने चली गई। मोरिगन का घर एक प्राचीन झलक दे रहा था। सब कुछ लकड़ी से बनाया गया था। हालाँकि वो छोटा था पर वह एक अत्यंत प्राचीन और आलीशान एक कमरे का मकान प्रतीत हो रहा था।

अदिति थोड़ी देर तक बैठी रही और फिर उस छोटे से घर में घूमने लगी। बेडरूम में एक स्टडी टेबल थी। उस मेज पर एक किताब रखी थी। जैसे ही वह उस किताब को उठाने लगी, मोरिगन ने उससे वह छीन ली और कहा कि वो उसकी पर्सनल डायरी है। अदिति को तब थोड़ा शक हुआ क्योंकि अभी तक मोरिगन रसोई में थी और अदिति ने उसके आने की कुछ आहट भी नहीं सुनी थी।

अदितिः तुम इतनी जल्दी यहाँ कैसे आ गई?

मोरिगनः मैं हॉल से तुम्हारे पीछे-पीछे आ रही थी।

अदिति को याद था कि जब वो मोरिगन के कमरे में आई थी तब मोरिगन रसोई में ही थी। पर उसने यह बात नजरंदाज करना ही उचित समझा।

मोरिगनः सूप तैयार है। चलकर उसे पीते हैं।

मोरिगन ने फिर वो सूप अदिति को सर्व किया।

अदितिः यह तो बिलकुल स्वादहीन है।

मोरिगनः यह एक तरह की दवाई है। बस इसे पी लो। इससे तुम्हे मदद मिलेगी।

अदिति ने जैसे-तैसे वो सूप पी लिया। अगली चीज जो उसे याद है वो थी मोरिगन के बेडरूम में उठना और मोरिगन का कहीं भी नहीं दिखना। उसे अचानक तस्वीरे दिखने लगी कि मोरिगन उसके पेट में कुछ कर रही है, उसके हाथों में कुछ चमकीली रोशनी जैसी थी और वह कोई अन्य भाषा बोल रही थी जो कि ऐसा लग रहा था कि वो कोई मन्त्र जाप कर रही थी। जब अदिति उठी, उसे डर लगने लगा क्योंकि रात बहुत हो चुकी थी और वो घर भी नहीं जा सकती थी। अदिति ने सुबह होने तक प्रतीक्षा करने का सोचा। वह अगली सुबह अपने घर गई और उसने वहां समीर को देखा जो पूरी रात उसका इंतजार कर रहा था। वह बहुत परेशान, घबराया हुआ और

गुस्से में था पर जैसे ही उसने अदिति का डरा हुआ चेहरा देखा तो उसने अपने गुस्से को काबू में किया और चिंतित लहजे में पूछताछ की। अदिति ने उसे मोरिगन के, सूप के और उठने पर अपने आपको घर पर अकेला पाने...सब कुछ बता दिया।

यह सब सुनने के बाद, समीर अदिति को तुरंत चेकअप के लिए अस्पताल ले गया। रिपोर्ट में सब ठीक-ठाक लगा और नार्मल नतीजे आए। अदिति को अभी भी लग रहा था कि कुछ तो गड़बड़ है जो इस सब मेडिकल ज्ञान के परे था। वह अभी भी निश्चिंत नही हुई थी। समीर ने उसे समझाने की कोशिश की और उससे सब कुछ भूल जाने को कहा।

आर्या (चिल्लाते हुए): माँ-माँ!

अदिति: हाँ, आर्या?

आर्या: आप यहाँ क्या कर रही हैं?

अदिति: कुछ नहीं, यहाँ से नजारा अच्छा है। मैं बस उसी के मजे ले रही थी।

आर्या: चलिए, सोने चलते है।

अदिति और आर्या अदिति के कमरे में गए और सो गए।

To Arya,
I am sorry that I can't answer you.
Please try to understand that I am saving you.
Don't trust anyone. Trust your dreams. They are more
real than your reality. I can't tell you the truth because
I am bound by your safety. You have to help yourself
follow your dreams. You will reach where you need to.
Ethan

अध्याय 9

अगले ही दिन, आर्या को फिर से उन्ही जंगलों में जाने का सपना आया। ये सपनें उसे परेशान करते थे पर उसे ज़्यादा गुस्सा और बेचैनी होटल में रहने की मजबूरी से आता था। वह जंगलों से दूर जाना चाहती थी। आर्या अपने माँ के कमरे में गई।

"माँ, मुझे बाहर जाना है", आर्या ने दसवीं बार जिद्द की।

"हम जरूर चलेंगे आर्या, एक बार तुम्हारे पापा काम से लौट आएं।" अदिति ने दसवीं बार जवाब दिया।

"माँ, प्लीस! मुझे यहाँ नहीं रहना।" आर्या रोने के करीब थी।

"बच्चा, शांत हो जाओ। हम चलेंगे।" अदिति आर्या का गुस्सा काबू में रखने की पूरी कोशिश कर रही थी।

तभी अचानक अदिति को समीर की कॉल आई। उसने कॉल सुनी। समीर ने अदिति को बताया कि वह उस दिन जल्दी वापस नहीं आ पाएगा। वह रात के 9 बजे तक ही लौट पाएगा। उसने अदिति को एक टूरिस्ट गाइड के बारे में भी बताया जो उसने उनके लिए भेजा था।

आर्या ने अदिति से कॉल के बारे में पूछा। अदिति ने उसे बताया कि उसके पापा ने उनके लिए एक टूरिस्ट गाइड भेजा था क्योंकि वे खुद जल्दी नहीं आ पा रहे थे, लेकिन वे चाहते थे कि हम दोनों बाहर जाएं और मस्ती करें। यह सुनकर आर्या बहुत खुश हो गई।

आर्या: सच में? जैसे ही वो आयेगा, हम लोग तुरंत ही निकल पड़ेंगे।

अदिति: मुझे तैयार होने दो, आर्या और तुम भी जाकर तैयार हो जाओ।

अदिति और आर्या तैयार होकर होटल की लॉबी में गाइड का इंतजार करने लगे।

समीर ने अदिति को उस गाइड के बारे में बता दिया था। उस गाइड को कई भाषाएँ आती थीं जैसे कि हिंदी, अंग्रेजी और स्पैनिश। उसका नाम ईथन था।

ईथन लॉबी में दाखिल हुआ। उन्होंने उसे आराम से पहचान लिया। वो बहुत ही सुन्दर था। जैसे ही आर्या ने उसे पहली बार देखा, तो सबसे पहले उसका ध्यान उसकी आँखों की ओर गया। उसकी आँखों में कुछ तो था। वे उसे किसी की याद दिलाती थीं, पर किसकी ये उसे याद नहीं आ पा रहा था।

"हेलो, मेरा नाम ईथन है।" उसने अदिति से हाथ मिलाते हुए कहा।

"हे ईथन, मैं अदिति हूँ और यह मेरी बेटी आर्या।"

"हे आर्या", उसने आर्या का भी हाथ मिलते हुए कहा।

आर्या अभी भी याद करने की कोशिश कर रही थी कि उसने वो आँखे कहां देखी हैं, इस बात से अनभिज्ञ कि वो ईथन को बुरी तरह से घूरे जा रही थी।

"तुम्हारे मैनर्स कहाँ हैं आर्या?" अदिति ने आर्या के कान में फुसफुसाया।

"सौरी, हेलो।" आर्या ने अपनी सोंच से निकलते हुए जवाब में कहा।

"कोई बात नहीं। तो क्या आपकी लन्दन की यह पहली विजिट है?" ईथन ने बात बढाते हुए कहा।

अदिति ने जवाब में कहा, "मेरे लिए तो नहीं पर हाँ आर्या के लिए यह पहली बार है। मैं 1998 में भारत शिफ्ट होने से पहले, यहाँ लन्दन में एक साल रही हूँ।"

"ओके, तो आर्या सबसे पहले तुम किस से शुरुआत करना चाहती हो- ऐतिहासिक जगहों से या फिर रोमांचपूर्ण जगहों से?" ईथन ने पूछा।

"मुझे कोई आइडिया नहीं है। लेकिन मैं ऐतिसाहिक जगहों से शुरू करना चाहूंगी।" आर्या टूर के बारे में उत्सुक होती हुई बोली।

"ओके, तो हम टावर ऑफ लन्दन से शुरुआत करते हैं। वह सबसे ज्यादा महान और अद्भुत आकर्षण है और तो और वो लन्दन के सबसे खास इमारतों में से एक है।"

उन्होंने टावर ऑफ लन्दन से शुरू किया और फिर जाइंट वील, लन्दन आई घूमे जिससे आर्या बहुत ज्यादा आकर्षित हुई। इथन ने आर्या से कई बार बात करने की कोशिश की, परन्तु यह मुमकिन नहीं था क्योंकि अदिति उनके साथ थी। जब वह म्यूजियम पहुंचे, अदिति सभी चीजों को देखने और

उनके बारे में पढ़ने में ज्यादा समय लगा रही थी। आर्या उसे थोड़ा-सा जल्दी सब कुछ देख और पढ़ रही थी। इथन ने इस बात का फायदा उठाया और आर्या के पास गया उसे बात करने के लिए।

इथनः सभी चीजों को ध्यान से देखो और तुम्हे अपने जवाब मिल जाएगें।

आर्या अचानक से उसकी तरफ घूम गई। वह इथन के फुसफुसाने और उसकी बातों से हैरान थी।

आर्याः तुम्हारा मतलब क्या है?

इथन ने कुछ नहीं कहा और उसके आगे चला गया। आर्या उसे रोककर, उससे फिर से पूछना चाहती थी पर उसे लगा कि शायद इथन चाहता था कि वो वहां के कलाकृतियों में और दिलचस्पी ले और उन्हें और ध्यान से देखे।

बाद में वह खाना खाने गए और उन्होंने डी लेद्बरी में खाना खाया। खाने के बाद, उन्होंने फिर से शॉपिंग जाने का फैसला किया। मॉल जाते समय, आर्या गाड़ी में सो गई और उसे फिर से एक सपना आया।

इस बार वो सपना अलग था, लेकिन उसने अपने आप को एक गद्दी पर बैठे हुए देखा, एक रानी की तरह। उसके चारों तरफ कई मंत्री बैठे हुए थे और उनमें से एक मंत्री उसके पास आकर उसे टाइटन राक्षस से शहर में किए गए तबाही के बारे में बता रहा था।

"अरु! उठो! हम पहुँच गए है।" अदिति ने उसे उठाया।

आर्या ने अपनी आँखें खोली। वह मार्केट पहुँच गए थे। इथन आगे बैठा हुआ था। उसने उन्हें घूमकर बताया कि दुकानें वहां से 2 मिनट की दूरी पर थीं पर उनकी गाड़ी वहां नहीं जा सकती थी। जब आर्या ने उसे देखा, उसे अपना सपना फिर से याद आ गया। उसे एहसास हुआ कि उसके सपने का मंत्री इथन था। अब आर्या को यकीन था कि उसका सपने में कुछ सच्चाई थी। वो सच नहीं होगा पर उसमें कुछ सच्चाई थी।

अदिति ने आर्या का हाथ पकड़ा था, जब वह दुकानों की तरफ जा रहे थे। आर्या चाहती थी कि वह जाकर इथन से पूछे कि वो उसे पहले क्या कहने की कोशिश कर रहा था। उसे पता था कि सिर्फ इथन उसके सवालों का जवाब दे पाएगा। जब वह दुकान पहुंचे, आर्या इथन से बात करना चाहती

थी और ऐसा तभी मुमकिन था जब अदिति दुकान में सामान देखने में व्यस्त थी। जब अदिति चाय के बर्तन देख रही थी, तब आर्या इथन के पास गई।

आर्याः तुम्हे पता है, मुझे एक सपना आया था।

इथनः वो तो सबको आते हैं।

इथन ने आर्या की तरफ न देखने की कोशिश की, जब वो उसे उसके सपने के बारे में बता रही थी।

आर्याः यह अलग था। मैंने तुम्हें उसमें देखा।

इथनः सपने सच नहीं होते। तुम वही देखती हो जो तुम उस समय सोच रही होती हो।

आर्याः मैंने तुम्हे एक मंत्री की तरह देखा।

दोनों थोड़ी देर के लिए चुप थे। इथन ने आर्या को कुछ नहीं कहा एक पूरे मिनट के लिए और आर्या को समझ आ गया कि वो उससे कुछ छुपा रहा था। उसके सपनों में जरुर कोई सच्चाई थी। और सिर्फ इथन उसके बारे में बता सकता था। एक मिनट बाद इथन हँसा और कहने लगा कि एक रानी का मंत्री बनना अच्छा होता होगा। आर्या अचानक से बोली, "मैंने तो किसी रानी के बारे में कुछ नहीं बोला।" इथंन ने एक लम्बी सांस ली और बोला, "जरूर, अगर मैं एक मंत्री होंगा। मैं इंग्लेंड की रानी का ही तो मंत्री होंगा।" आर्या को पता था कि वो झूठ बोल रहा था। उसने बस उसे चुपचाप एक बार देखा और अपनी माँ के पास चली गई।

रात के 7 बज चुके थे। अदिति ने वापस जाने का फैसला किया क्योंकि समीर 9 बजे तक वापस आने वाला था। उन्हें होटल पहुँचने तक करीब डेढ़ घंटा लगने वाला था। वह होटल वापस 8:30 पहुंचे। जब वह लौट रहे थे, इथन ने उन्हें बताया कि कैसे उसके माँ-बाप बचपन में मर गए थे और कैसे उसे अपने आप इतनी सारी भाषाएँ सीखी। जब भी वह उन्हें कुछ बताता, आर्या हर तरीके के सवाल उससे पूछती। अदिति ने उसे कई बार रोकने की कोशिश की पर आर्या ने उसकी न सुनी, वह अपने सपने के बारे में और जानना चाहती थी।

जब वह होटल पहुंचे, समीर पहले से ही वहां पर था। समीर ने इथन को शुक्रिया कहा और उसे उसके पैसे दे दिए। उन्होंने फिर कॉफी पी और एक दूसरे अपने दिन के बारे में बताया। आर्या एक मौके का तलाश कर रही

थी, जब वह अकेले में इथन से बात कर पाएगी। जब उन्होंने कॉफी खत्म कर ली और इथन जाने वाला था, उसने आर्या को एक छोटा-सा तोहफा दिया और चला गया क्योंकि बहुत देर हो गई थी। जैसे ही इथन कमरे से बाहर गया, आर्या ने बहाना बनाया कि उसे नहाने जाना था। फिर वह दौड़ कर लिफ्ट तक गई और चिल्लाई "रुको!" जैसे ही इथन लिफ्ट में घुस रहा था। इथन ने लिफ्ट रोक दी।

इथन: क्या हुआ?

आर्या: मुझे तुमसे कुछ बात करनी है।

इथन: किस बारे में?

आर्या: मेरे सपने, जो अजीब चीजे मेरे साथ हो रही है, मेरा गुस्सा।

इथन: मुझे नहीं पता तुम किस चीज की बात कर रही हो। मेरे ख्याल से तुम्हें एक डॉक्टर के पास जाना चाहिए।

आर्या: इथन प्लीस, मेरी मदद करो। मुझे तुम्हारी मदद चाहिए। मुझे पता है कि तुम सब कुछ जानते हो, प्लीस!

इथन: मुझे माफ कर दो आर्या, पर मैं नही जानता। सौरी!

आर्या वहां से अपने आँखों में आंसू लेकर चली गई। उसे पता था कि इथन झूठ बोल रहा था। जब वह वापस जा रही थी, इथन उसके पीछे दौड़कर आया। आर्या ने उसे उम्मीद से देखा पर उसने कहा, "उम्मीद है कि तुम्हें तोहफा अच्छा लगे।" और फिर वो चला गया। आर्या अपने कमरे में गई और अपने बिस्तर पर लेट गई। उसे बहुत गुस्सा आ रहा था और उसे यह भी लगने लगा कि शायद वो सचमुच पागल हो रही थी और उसे डॉक्टर के पास जाना चाहिए। उसने अपनी माँ से इसके बारे में बात करने का सोचा। अपने आंसू पोंछते हुए, वो अपने माँ के कमरे में गई। जैसे ही वो अन्दर पहुंची उसने अपना तोहफा मेज पर रखा हुआ देखा। आर्या ने उसे उठाया और वह अपने कमरे में लौट आई। आर्या ने फिर तोहफा खोला। उसमें एक छोटा-सा लकड़ी का घर था। उसने उस घर को जमीन पर फेक दिया, कोई जवाब न ढूंढने के कारण। आर्या अपने माँ-बाप के पास वापस गई खाना खाने के लिए। जब आर्या वापस लौटी, तो उसने उस घर को उठाया। उसने देखा कि उस घर में से एक कागज निकल रहा था। वो कागज़ इथन की ओर से एक खत था।

आर्या,

मुझे माफ कर दो कि मैं तुम्हारे प्रश्न का जावाब नहीं दे सकता हूँ। प्लीज समझने की कोशिश करो की मैं तुम्हें बचाने की कोशिश कर रहा हूँ। किसी पर भरोसा मत करो। अपने सपनों का विश्वास करो। वो तुम्हारी सच्चाई से भी ज्यादा सच हैं। मैं तुम्हें कुछ नहीं बता सकता हूँ, क्योंकि मुझे तुम्हारी हिफाजत करनी है। तुम्हें अपने सपनों से अपनी मदद करनी है। तुम्हें जहां पहुंचना है तुम वहाँ पहुँच जाओगी।

इथन

यह पढ़ने के बाद, आर्या हैरान रह गई। वह कुछ भी सोच या समझ नहीं पा रही थी। उसने वह खत मेज पर रखा और वो सोने चली गई।

अध्याय 10

चारों तरफ अँधेरा और कौहरा था। वह एक लकड़ी के रास्ते पे चले जा रही थी। वह एक अनजान रास्ता था, एक ऐसी चीज की तरफ जो उसे नही पता थी। उसे जंगली जानवरों की आवाज़ें सुनाई दे रही थीं। वह घबराई हुई थी और उसे ठण्ड भी लग रही थी। वहां एक पेड़ था, जो कि बहुत ही बड़ा था। उसके जड़ों के पास से एक रोशनी आ रही थी। वो पेड़ अभी भी थोड़ी दूरी पर था। धीरे-धीरे जंगली जानवरों की आवाज तेज होने लगी। वो उस पेड़ की तरफ दौड़ने लगी और जैसे वो उसके पास पहुंची वो पेड़ बड़ा होता गया और इतना बड़ा हो गया कि वो उसके अन्दर जा सकती थी। वहां पर सीढ़ियां थीं जिनसे वह उस पेड़ के नीचे जा सकती थी। एक लड़का वहां खड़ा हुआ था। वो बहुत ही सुंदर था, उसकी लम्बाई लगभग 6 फीट थी, वह गौरा था और उसकी आँखे नीले रंग की थी। वह उसकी सुन्दरता को देखकर प्रसन्न थी।

"मैं आपका इंतजार कर रहा था, महारानी।" उस लड़के ने कहा।

आर्या अचानक से उठ गई, पसीने से नहाई हुई। तो वो एक सपना था। रात के 2 बज रहे थे। आर्या घबराई हुई थी। उसका दिल जोर से धड़क रहा था। आर्या ने अपनी माँ के पास जाने का सोचा पर उन्हें इतनी रात में परेशान करना भी उसे अच्छा नहीं लगा। उसने सोने से पहले परदे नहीं बंद किए है। पानी पीते हुए वो खिड़की के पास गई। जंगल में कौहरा था और वो नजारा बिलकुल उसके सपने जैसा था। आर्या ने याद किया कि कैसे इथन ने उसे अपने सपनों पर यकीन करने को कहा था। आर्या ने एक और पानी का घूँट पिया और अपने सपने के बारे में और सोचा। उसने जंगल में जाने का फैसला किया। उसने एक बैग में अपना फोन, घड़ी, पानी की बोतल, कुछ खाने का सामान, सेनिटाईजर, नैपकिन, कीचेन जिसमें एक टोर्च लगी थी, माचिस का डिब्बा और अपना पर्स रखा। फिर वह होटल से बाहर लगभग ढाई बजे चली गई।

हर तरफ बहुत अँधेरा और कौहरा था। ठंडी हवा उसके बालों को पीछे उड़ा रही थी। ऐसा लग रहा था कि जैसे वह अपने सपने में चल रही थी। वो थोड़ी देर तक सीधे चलती रही पर थोड़ी दूर जाने के बाद, उसे नहीं पता था कि उसे किस दिशा में जाना चाहिए। वो थक गई और एक पेड़ के नीचे बैठ गई। वो अपना रास्ता खो चुकी थी और उसे वापस होटल जाने का रास्ता भी नहीं याद था। अब तो होटल भी दिखना बंद हो चुका था। वह जंगल बहुत घना था। उसे याद था कि सपने में जब वो पेड़ के पास पहुँच रही थी जब जंगली जानवरों की आवाजें आ रही थीं पर अभी तक उसे सिर्फ हवाओं की आवाज सुनाई दे रही थीं। उसने थोड़ा पानी पिया और फिर आगे बढ़ने लगी। भले की उसे रास्ता नहीं पता था वो आगे बढ़ती रही। थोड़े मिनट बाद, वह एक मोड़ पर आई जब उससे फैसला नहीं हो पा रहा था कि उसे किस दिशा में जाना चाहिए। अब आर्या डरी, भटकी और अकेली थी। आर्या ने सोचा कि उसकी सबसे बड़ी गलती एक अजनबी की बात सुनने की थी। पर फिर, उसे याद आया कि कैसे इथन ने छोटी-छोटी चीजों पर ध्यान देने को कहा था। आर्या बैठ गई और फिर से अपने सपने के बारे में सोचने लगी। 'जब मैं पेड़ के पास पहुँचने लगी तब जानवरों की आवाज तेज होने लगी थी। इसका मतलब मुझे आवाजों पर ध्यान देना होगा,' आर्या ने मन ही मन सोचा। आर्या ने थोड़ी देर तक चुपचाप सुना। थोड़ी आवाजें उत्तरी-पूर्व दिशा से आ रही थीं और इसलिए वह उस दिशा में चलने लगी। धीरे-धीरे उसे प्रतीत होने लगा कि जैसे जंगल उसके लिए रास्ता बनाए जा रहा था। आवाजें भी तेज होती गई और इससे आर्या निश्चित हो गई कि वो सही दिशा में जा रही थी। अब आर्या को भय नही लग रहा था। उसे पता था कि इस बार उसे आखिर कार अपने जवाब मिल जाएंगे। वो उस जगह पहुँच गई जहां से उसे वह पेड़ दिखने लगा और ऐसा लग रहा था कि अब और अँधेरा हो गया था, अगर ऐसा मुमकिन था। आर्या ने अपनी टोर्च जलाई और उसे पेड़ की और घुमाया। वह बिलकुल वैसा ही था जैसा उसने अपने सपने में देखा था। हर कदम के साथ, आवाजे बढ़ती गई। आर्या को अपने सपने की झलक दिखने लगी। जैसा कि उसे लगा था, जब वो पेड़ के नजदीक गई, वो पेड़ इतना बड़ा हो गया कि वो उसके अन्दर घुस सकती थी। उसे वो सीढ़ियां भी मिल

गई और वह उनसे उतरकर नीचे पहुँच गई। सीढ़ियों के अंत पर उसे वही लड़का मिला जिसे उसने अपने सपनों में देखा था। धीरे-धीरे वह उसके करीब गई, अपनी आँखे उसी पर रखते हुए।

"मैं आपका इंतजार कर रहा था, महारानी।" उसने कहा झुकते हुए।

"तुम कौन हो?" आर्या ने पूछा, अचानक से और आत्म विश्वास के साथ।

"मेरा नाम आईसेक है।"

"क्या यह सब सच है?"

आर्या ने अपने आप को चुटकी काटी यह देखने के लिए कि क्या वो अभी भी सपना देख रही थी।

आईसेक: यह सब कुछ सच है। हम्म... लगता है आपको अभी भी कुछ याद नही है। मेरे ख्याल से वो मंत्र कमजोर था।

आर्या कुछ नहीं समझ पा रही थी पर उसे इतना पता था कि वो उस पर भरोसा कर सकती थी। उसे बहुत सारे सवाल पूछने थे।

आईसेक: मैं आपको दोष नहीं दे रहा, मैं भी परेशान होता गर मैं आपकी जगह होता। पर ये बताइए, क्या आपने वो किताब नहीं पढ़ी?

आर्या: कौन-सी किताब?

आईसेक: मिस्टिकल वर्ल्ड, विल्ली बरेरा लिखित।

आर्या: मैंने पढ़ी...है।

आईसेक: वो कहानी सच थी।

जंगली आवाजें और बढ़ने लगी।

आर्या कई सारी गुत्थियाँ एक साथ सुलझाने की कोशिश कर रही थी पर ऐसा कर नहीं पा रही थी।

आर्या: मुझे कोई जानवर आस-पास नहीं दिख रहे। फिर ये आवाजें क्या हैं?

आईसेक: यह जानवरों की आवाज नहीं है। यह मन्त्र है जो सिर्फ जादूगर सुन सकते है। अगर आप ध्यान से सुने, आपको लोग अलग-अलग भाषाए बोलते हुए सुनाई दे सकते है।

आर्या ने एक लम्बी सांस ली और आवाजों को सुनने की कोशिश की। उसे लोगों की आवाजें सुनाई देने लगी। आईसेक ने सच कहा था। उसके

हाथ ठण्ड से काँप रहे थे। उसके माथे पर पसीना आने लगा। सब कुछ अजीब था। वो आईसेक की और बातें सुनना नहीं चाहती थी। उसे पता था कि जैसे-तैसे उसे सच्चाई अच्छी नहीं लगेगी।

आर्या: तुम्हारा मतलब है कि मैं एक जादूगर हूँ?

आईसेक: हाँ! और सबसे ज्यादा शक्तिशाली भी।

आर्या: तुमने मुझे 'महारानी' क्यों कहा था?

आईसेक: क्योंकि आप मेरी रानी हैं।

हर जवाब के साथ उसका डर बढ़ता जा रहा था। वह और कोई सवाल नहीं पूछना चाहती थी पर उसके पास और कोई चारा नहीं था।

आर्या: इथन की भी?

आईसेक: अच्छा हाँ, आप उसे मिल चुकी हैं। वो आपका सबसे वफादार मंत्रियों में से एक है।

आर्या: मेरे माता-पिता, क्या वो भी जादूगर हैं?

आईसेक: नहीं, वो नुइकेंतो हैं। उसका मतलब बिना जादू वाले इंसान हैं।

आर्या: फिर मैं कैसे जादू के साथ पैदा हो सकती हूँ?

आईसेक: आपकी आत्मा को बदला गया था आपके पैदा होने से पहले।

आर्या: अगर वो किताब असली है तो मोरिगन कहाँ है?

आईसेक ने थोड़ी देर तक उसे देखा और फिर कहा "आप है मोरिगन?"।

आर्या कई भावनाएं एक साथ महसूस करने लगी। उसे कुछ समझ नहीं आ रहा था। वो डरी, हैरान और घबराई हुई थी। उसे समझ नहीं आ रहा था कि वो कैसे इस बात को समझे।

आईसेक: मुझे पता है कि यह सब कुछ ज्यादा है। पर सब कुछ ठीक है, आपको इसकी आदत पड़ जाएगी। अब आपको अपने सपने, अपना गुस्सा, अपनी शक्तियां समझ में आने लगेगी।

आर्या ने कुछ नहीं कहा।

आईसेक ने उसका हाथ पकड़ा और उसे शांत करने की कोशिश की।

आईसेक: सब कुछ ठीक हो जाएगा। पर कोई यह जाने कि आप जिंदा है, उससे पहले हमें यहाँ से चलना होगा।

आर्या अपना हाथ वापस खींच लेती है।

आर्या: मुझे नहीं जाना मेरा परिवार यहाँ है। मैं उन्हें छोड़ नहीं सकती।

आईसेक: आप जिस परिवार की बात कर रही हैं उन्हें याद भी नहीं है कि आप कोई हैं।

आर्या: क्या बकवास कर रहे हो? ऐसा नहीं हो सकता। मुझे उन्हें कॉल करने दो।

आर्या ने अपना हाथ अपनी जेब में डाला अपना फोन निकालने के लिए पर वो वहाँ नहीं था। उसे एहसास हुआ कि उसके पास उसका बैग भी नहीं था।

आर्या: मेरा बैग कहाँ है?

आईसेक: आप इस दुनिया से उस दुनिया में कुछ नहीं ले जा सकती हैं, जादू के कारण।

आर्या को अब यकीन होने लगा कि उसके माँ-बाप अब उसे भूल चुके थे। उसे पता था कि अब उसके पास आईसेक के साथ जाने के अलावा और कोई चारा नही था।

आईसेक: जल्दी चलिए, इसे पहले की देर हो जाए।

आर्या: यह मेरे साथ किसने किया है?

आईसेक: आपका काम अब सिर्फ अपने राज्य और लोगों की रक्षा टाइटन से करने की है।

आर्या: मैं कैसे किसी की रक्षा कर सकती हूँ जब मुझे याद ही नहीं कि मैं कौन हूँ? मैं अभी अपनी ही रक्षा नहीं कर सकती।

आईसेक: मैंने आपको बताया था कि आप सबसे ज्यादा शक्तिशाली हैं। मुझे पता है कि आपको कुछ याद नहीं है। वह मन्त्र कमजोर थे पर मैं आपकी मदद के लिए हाजिर हूँ। तब तक आप अपनी सच्चाई किसी को भी नहीं बता सकती है। अब चलिए मेरे साथ।

आर्या के रोमांचक यात्रा के बारे में और जानने के लिए, अगली किताब...

❑❑❑